俺は彼らに向かって、
静かに右手を掲げた。
そして意識の中で念じる。
――ファイア。
直後、何も無かった眼前の空間に
炎が噴き上がった。
JN099202
神先優人
かんざきゆうと
影が薄くクラスでは友達もいない高校生だったが、VRゲーム『ノインヴェルトオンライン』起動時に表示されたある選択肢をきっかけに全てが激変し――?
VRゲームで最強無双の少年、現実にステータスが同期し人生逆転
シンクロ

ユーノ
悠乃のオンラインゲーム上での姿。現実とは正反対で明朗快活、優人に対しても積極的にアプローチを仕掛ける。
「それじゃ行こ！　私、いい狩り場を知ってるんだ！」
彼女はそう言うと、突然、俺の手を握ってきた。
「っ!?」
バーチャルとはいえ、女の子に手を握られることなんて初めてだったので、かなり戸惑った。
「どうしたの？」
「え……いや、その……手……」
手を繋いだだけで動揺している
格好悪い男になっている予感がするが、
ユーノはそんなこと全く気にしていないようで、
寧ろ肩と肩が触れ合うくらい近くに寄り添ってくる。

『ごめん、待った？』

「それは俺の台詞だ」

「……」

名雪さんは恥ずかしそうに俯いた。

誘っておきながら、彼女も緊張しているらしい。

「それにしても……」

改めて彼女の姿を見つめる。

上品なワンピースに身を包んだ彼女は、
俺の目にとても可愛く映った。

名雪悠乃
優人のクラスメイト。おとなしく気弱な性格だが、恩人である優人には心を開き始める。

「最初に言っておく。
僕は君とおしゃべりをする為に現れた訳じゃないんだ」
アルヴィ
謎のゲームプレイヤー
集団《白焔の鷲獅子》の
メンバーの一人。

VRゲーで最強無双の少年、現実にステータスが同期(シンクロ)し人生逆転

藤谷ある

角川スニーカー文庫

22808

CONTENTS

design work:木村デザイン・ラボ　illustration:キャロル

【プロローグ】

◇オフライン◇

「悪(わり)ぃけど、金貸してくれるぅ？」

俺は三人の男子生徒に囲まれて金の工面を頼まれていた。

と言えば少しはマシに聞こえるかもしれないが、あからさまなカツアゲだ。

下校途中、柄の悪い連中に人通りの少ない路地裏に連れ込まれた。

柄の悪い――と言っても、どこかの不良漫画のように分かり易(やす)い格好をしている訳じゃない。せいぜい、耳にピアスを空けている程度だ。

目立つ格好をすれば、それだけ足が付き易いし、悪さは出来ない。

本物の不良は普通の顔をしてやって来るのだ。

「あれ？　もしもーし、聞こえてる？　耳が遠いようなら、体に聞いてみないといけなくなるよ？」

リーダー格と思(おぼ)しき厳(いか)つい顔立ちの少年が、俺の顔を下から覗(のぞ)き込んでくる。

彼らが着ている制服……見覚えがある。隣町の高校だろう。

しかし、今はそんな事、どうでもよかった。

何よりも金を奪われる訳にはいかない。

財布の中には今日発売のＶＲゲームを買う為の資金がキッカリ入っている。

陰キャである俺が慣れないバイトまでして、ようやく貯めた金だ。

それも全て、この日の為。ずっと楽しみにしてきたのだ。

現実と見紛うリアルさで爆発的な人気を誇る次世代ＶＲゲーム機——、
ダイヴギア『ＡＢＹＳＳⅡ』。

そのアビスをプラットフォームとする新作ソフト『ノインヴェルトオンライン』。

オーソドックスなファンタジーＭＭＯＲＰＧでありながら、細部まで作り込まれたゲームシステムと、世界観の奥深さで好評を博した前作『アインズヴェルトオンライン』の続編だ。

　しかもグラフィック面が大幅に強化された次世代ハードでは初めての同タイトルとあって、発売前からＳＮＳ各所で約束された神ゲーと呼ばれ、非常に期待値の高いゲームソフトとなっていた。

　そのノインヴェルトが今日発売なのだ。もちろん、前作からプレイしてきた俺の期待値も制作発表時から爆上がり。絶対に買うと決めていた。

　しかし、ＶＲゲームはその作り込みのリアルさから、普通のテレビゲームソフトと比べ価格がかなり高めに設定されているのが難点。

ダウンロード版の方がやや安いが、このゲームに惚(ほ)れ込んでいる俺は最初から特典付きのパッケージ版を買うと決めていたのだ。

だからこそ、この金を奪われる訳にはいかなかった。

「んだ、てめぇ！　なめてんのか！」

「うぐっ……!?」

一向に財布を出そうとしない俺に痺(しび)れを切らしたのか、不良少年のパンチが腹に突き刺さる。

思いの外、重いパンチだった。お陰で一瞬、呼吸が出来なくなる。

「クソが！」

「ぐはっ……!!」

今度は顔を殴られた。その拍子に吹っ飛び、硬いアスファルトの地面に体を打ち付ける。

……痛い。何で俺が、こんな目に遭わなければならないんだ……。

「おい……顔はマズいんじゃ」

「うるせえ！」

別の少年が言葉を挟むが、すぐにその怒号によって口を噤(つぐ)んでしまう。

「こういう、しみったれた奴(やつ)は誰にも言えやしないんだよ。弱(よえ)くせに……イキがってるのが余計にムカつく！」

「ぐふっ……!!」

倒れ込んでいる所に、思い切り腹を蹴られた。胃の中のものが全部出そうになる。

俺みたくクラスの隅で誰とも口を利かず、友達もいない人間は、彼らのような不良にとっては格好の的だ。

影が薄いが故に、変化があっても誰かの気に留まることもないのだから。

オマケに青白く生気の無い顔立ちと、猫背でヒョロガリな体型を見れば、反撃の心配が無いことも一目瞭然だ。

こんな俺だから、小中学校の頃はよくイジメに遭っていた。

私物が無くなっていたり、無視されたり、笑いの種にされたり、そんなありがちな嫌がらせ。もちろん暴力を振るわれることもあった。

その頃の学校生活はまるで地獄だった。

しかし、それも高校になると状況が変わってくる。

受験という名の仕分けによって幼稚なイジメは無くなったのだ。

だがその代わり、無関心という無言の暴力が俺を責め立てた。

決して誰かに気に掛けて欲しい訳ではない。けど、まるで空気のようになってしまったた自分に存在意義を感じられなくなってしまったのだ。

無関心といえば、両親も同じだった。

望んで産んだ訳ではないのだろう。俺は特に期待される訳でもなく、煙たいだけの存在でしかなかった。恐らく両親にとっては何よりも夫婦の時間が大切だったのだと思う。

……ていうか……今の俺に……過去を振り返っている余裕はないか……。

「うう……」

体中が痛みに支配され、身動きが取れない。

そんな俺の胸元から財布が抜かれる感触が伝わってくる。

「最初からさっさと出せばいいんだよ。手間かけさせんな」

少年はそう吐くと、空になった財布を俺の顔に向かって放り捨てた。

† † †

「いつつ……くそ……酷い目にあった……」

俺は家に帰るなり、自分の部屋のベッドに仰向けで寝っ転がった。

ついてない。

怪我は口の中を少し切ったのと軽度の打撲で痣が出来た程度で済んだが、楽しみにしていたノインヴェルトが買えなくなってしまった。

ゲームよりも体の方が大事だという奴もいるかもしれないが、俺にとってはゲームも大事だ。

ＶＲゲームだけがクソみたいな現実から逃避出来る唯一のアイテムだったのに、それを取り上げられたら死んだも同然なのだから。

結局、金を出そうが出すまいが、一、二発は殴られていただろうし……。

まあ、絡まれたこと自体が不運でしかないのだが。

「あー……オープン初日から出遅れちまった」

既に頭の中はライバルに差を付けられた事で一杯だ。

俺は溜息を吐きながら寝返りを打った。

すると、枕元に置いてあるヘッドギアにふと目が行く。

アビスだ。

安全の為、寝た姿勢でのプレイを推奨しているアビスは、頭頂部から顔面にかけて本体が覆う、これまでのＶＲ機器とは違った特異な形状をしている。

俺はすぐにそいつを手に取ってプレイ出来るように、いつもその場所に置いていた。

「しゃーない、違うゲームでもやるか……」

別のゲームをやったところで到底、ノインヴェルトの代わりにはなり得ないが、この遣る瀬無い気持ちを紛らわせるにはそれしかなかった。

俺はアビスを手に取ると、それを頭に装着する。

電源を入れると、まず最初に現れるのはメニュー画面だ。

ここで本体にインストールされているゲームを選択することが出来る。

頭で意識すると、球体の上に並ぶＶＲゲームのアイコンが回り始める。

アビスが脳波をキャッチして操作に反映させているのだ。

「うーん……何にするかな……」

既に遊び尽くしたＶＲゲームのアイコンを無駄にくるくる回し続けていると、俺の視界に有り得ないものが飛び込んできた。

「えっ……なんで⁉」

インストール済みのアイコンの中に、購入することが叶(かな)わなかったノインヴェルトオンラインのシンボルマークが浮いていたのだ。

ソフトをインストールした覚えは当然ないし、ダウンロード版を購入した訳でもない。

もしかして……無料体験版？

とも思ったが、アイコンにそんなような表記は無い。

プロパティを開いてみても、確かに正規版のノインヴェルトオンラインだった。

「なんだこれ……どういう事⁉」

本体起動時にパスワードをかけているから、誰かが勝手にインストールしたなんてこともない。

そもそも、そんな気の利いたことをする人間なんて身近にいないし。

どうしてそれがここにあるのか理由が全く分からなかったが、俺にとっては降って湧いた幸運でしかなかった。

「これはもしや……不幸な俺に神様が用意してくれたプレゼント……？　うん……そういう事にしておこう！」

理由なんてどうでもいい。

欲しかったものが目の前にあるのだ。これをやらない手は無いだろう。

俺は迷わず、意識でアイコンに触れ、ノインヴェルトを起動させた。

すると、その直後――、

眼前に意味不明な選択肢が表示される。

『ノインヴェルトのステータスをリアルと同期させますか？　Ｙｅｓ／Ｎｏ』

リアルと……同期？

って、どういうこと……⁇

これまでやってきたゲームでこんな表示は見たことが無い。

正直、戸惑った。

これを広義に解釈するなら、プレイデータをクラウド上に保存するかどうかって事を聞いてきてるんじゃないだろうか？

「なら、これはイエスだな」

誤ってデータ消して悲惨な目には遭いたくないし。

この選択が今後の俺の人生に大きく関わってくることになるなんて、この時は知る由も無かった。

【第1章】同期

◆オンライン◆

ノインヴェルトを起動し、最初の選択を決定すると、すぐにキャラクターメイキングに入った。

鏡のようなものが目の前に現れ、そこに自分の姿が映っているのが分かる。

容姿はリアルの自分をトレースした姿が基本になるらしいが、ある程度美化補整がかけられている。

美化補整の強弱は調整可能。

加えて髪型や肌の色、背丈、体格、性別なども変更出来るようだから、時間をかければ全く違う姿にもなれそうだ。

しかし、俺はキャラメイクにそんなに時間をかける方ではない。

見た目よりもゲームの中身の方が気になるからだ。

でも、容姿にコンプレックスが無いと言ったら嘘になる。

せっかく別世界の住人になれるんだ。ちょっとは弄ってみるか。

という訳で、背を少し高くして、体格も細マッチョにしてみた。

容姿を決定した後は、初期職業の選択だ。

最初に選択出来る基本の職業は――、

剣士（ソードマン）
魔法使い（ウィザード）
聖職者（クレリック）
弓使い（アーチャー）

の四つ。

この基本職がある程度レベルアップするとクラスチェンジが可能となり、様々な関連職へと枝分かれして行くことになる。

こういう時、俺は大体、魔法が使える職業を選ぶ。

なんでかって言うと、現実では出来ないことをやりたいからだ。

剣は現実でも振ることは出来るけど、さすがに魔法は使えたりしない。

そういう非日常の力に、どこか憧れを持っているらしい。

という訳で、迷わず魔法使い（ウィザード）を選択した。

すると、入力を促すカーソルが宙に浮かび上がる。

「名前か……」

どんなキャラ名にしようかな？

これから始まる仮想世界での新たな人生。

それに相応(ふさわ)しい名前を考えていると——入力ウインドウに異変が起こった。

カーソルがひとりでに動き出したのだ。

「え……」

しかも、勝手に名前が入力されて行く。

そこに表示されたのは——、

【ユウト】

の三文字。

「ちょっ……」

俺、なんも触ってないんだけど……。

ていうか……これ俺の本名じゃん！

俺の名前は神先優人(かんざきゆうと)。

まさに、そのまんまだった。

「いや、さすがにこの名前はちょっと……。もっと格好いい名前に変えないと……」

『キャラクター名を決定しました』

「ぎゃーっ!?」

なんで勝手に決定した!?

名前変更の為に手を伸ばそうとした所、システムが決定を告げてきた。

そういえば種族選択とかの項目も無かったな……と今更ながらに思い出す。

鏡に映し出されたアバターを見る限り、強制的に人間族に設定されてしまっているようだ。

「これは最初からやり直した方がいいな」

そう思い、リセットしてみたが、キャラクター名を決定した所から再開するだけで〝次へ進む〟のボタンが点滅していた。

どうやら変更が利かないらしい。

「酷い仕様だな……」

約束された神ゲーに一抹の不安を覚えながらも、このままでは何も始められないので仕方なく先へ進むことにした。
〝次へ進む〟のボタンに触れると、決定したステータスが表示される。

【ステータス】
名前：ユウト　ＬＶ：１　種族：ヒューマン　職業：魔法使い（ウィザード）
ＨＰ：10／10　ＭＰ：30／30
物理攻撃：２　物理防御：２
魔法攻撃：10　魔法防御：９
敏捷（びんしょう）：３　器用：５　知力：９

【魔法】
ファイア〈火属性〉　ＬＶ．１

【スキル】
なし

どうやら初期の数値は職業に応じて自動的に割り振られるらしい。

特に変わった様子も無い、よくありがちなレベル1の数値。

魔法使いらしい魔法に特化したステータスバランスだった。

色々、手間取ったがこれでキャラクターメイキングは完了だ。

あとは、目の前に表示されている、

『ノインヴェルトへ降り立ちますか？　Ｙｅｓ／Ｎｏ』


の問いに答えるだけ。

俺は胸が高鳴るのを感じながら、指先でＹｅｓのボタンに触れた。

途端、闇の中に一点の光。

それを感じ取った瞬間、光が一気に広がって、視界が開けた。

目に飛び込んできたのはオレンジの屋根と石造りの家々。

中世ヨーロッパを模した統一感のある街並みは、ファンタジーＲＰＧの定番の風景だ。

しかし、まず先に感じたのはそれらが本物と見紛うほどの作り込みであったということ。

この景色に息を呑む。

前作でもＶＲのリアルな臨場感に感動したが、グラフィックと処理能力が格段に進化した次世代ＶＲ、アビスⅡの性能は格が違った。

何よりも興奮したのは、町を行き交う人々の息遣いだ。

目の前を歩いているアバター達の向こう側には当然、生身の人間が存在している。

その人々の仕草や表情が如実に伝わってきて、前作以上のリアルさを感じたのだ。

「おおー……これがノインヴェルトの世界か……」

感動を噛み締めるように、しばらくその場で立ち尽くす。

っと……思わず浸ってしまった。

とりあえず現在地を確認しないと。

俺は指先を宙に走らせマップ画面を開いた。

半透明のウインドウ上にノインヴェルトの世界地図が表示される。

ノインヴェルトは9の名の通り、九つの種族とそれに対応した九つの国で成り立っている世界だ。

その九つの種族というのは、ヒューマン、エルフ、ダークエルフ、ドワーフ、オーガ、ドラゴニュート、ウェアキャット、ウェアウルフ、バードマンとなっている。

人間族が統制を取っている国は大陸の東にあるルマナント共和国。

俺も人間族なので、初回のログイン地点はルマナントのはずだ。

自身を示すマップ上の光点も確かにルマナントの首都ディニスで光っていた。

だが、通りを行き交うプレイヤー達の中にはエルフやドワーフなど、ヒューマン以外の姿も窺（うかが）えた。

「リリース初日でもう他国まで来てるプレイヤーもいるのか……」

進行の早いプレイヤーが気になりつつ、現在地についてはそれでＯＫ。

あとは装備品の確認か……。

マップ画面から装備・アイテム画面へ切り替える。

【装備】

右手武器：木の杖（つえ）　左手武器：なし

頭：なし　胴：布のローブ

手：布のグローブ　脚：布のパンツ

足：布のブーツ　アクセサリー：なし

【所持品】

カタカタの実×1

【所持金】

300G

初期装備らしい装備が並ぶ。
こちらも特に問題無い。
一つだけ気になるのは、初期配布アイテムのカタカタの実だ。
これはどんな効果があるんだろう？
アイテムの名前をタップして詳細を見てみる。

【カタカタの実】
使用すると敵からのダメージを三回まで無効化出来る。
規定回数に達するまで戦闘終了後も効果持続。

なるほど、戦闘時の補助アイテムか。
レベル1の頃は何かと死に易いもんな。
思い掛けず格上の敵に絡まれてしまった時に役に立ちそうだ。
結構使える部類のアイテムで、初心者には嬉しい限り。
そんな感じで、これで一通り確認し終えたかな？
なら、チュートリアルも兼ねて早速レベル上げに行こうか。

町の探索も楽しいけど。まずは強くならないことには何も始まらないからな。

そんな訳で俺は町の正門から外へ出た。

すると、眼前に広がる草原にお決まりのアイツが蠢（うごめ）いていた。

透明でぷよぷよした丸っこい魔物。

スライムである。

「やっぱ、初期のレベル上げと言えばスライムだよなー」

まさに安心、安全、確実、それを体現したような魔物。

戦闘の感覚を掴（つか）むのにも丁度良い。

「じゃあ、早速……と、その前に」

アイテム画面を呼び出し、カタカタの実を使う。

もしも……ってことがあるし、一応使っておいた方が無難だろう。

最初に配られるってことは、そういう事なんだろうし。

画面上のアイテムをタップすると眼前にカタカタの実が現れ、すぐに光の粒になって消えた。

それで効果を得たらしい。

という訳で今度こそ準備完了。

改めて一匹のスライムをタゲると、唯一使える初級魔法ファイアの射程距離最大まで下がる。

スライムといえども案外、強かったりする場合もあるからな。

充分な距離は取っておいた方がいいだろう。

しかも俺は魔法使い。

物理防御値が低いから油断は大敵だ。

俺は右手に持った杖を構え、意識を込める。

すると、杖の先に炎が渦巻き始め、小さな火球が形成されてゆく。

「……ファイア！」

そう叫ぶと火球がスライム目掛けて放たれた。

システム的に別に叫ぶ必要は無いんだけど、その方が臨場感があって好きなのでそうしてみた。

中には自分で考えた呪文を唱えて雰囲気を楽しむプレイヤーも、こういったＶＲゲームには多いらしい。

で、飛んで行った火球はというと、見事にスライムに命中。

「ギュイィイィッ」

という聞いたことも無い叫びを上げた。

しかし、一発で倒せるはずもなく、スライムは反撃に出る。

まるでゴムボールのように左右に跳ねながら、俺に向かって飛んできたのだ。

それは思いの外、素早い動きだった。

「うわっ⁉」

まさか、そんな速さで攻撃してくるなんて思ってもみなかったので回避が遅れた。

俺の胸を目掛けて、スライムの体当たりが突き刺さる。

だが直後――、
パリーン
というガラスが割れたような音がして、俺の目の前で盾が砕けたみたいなエフェクトが舞い散った。

恐らくそれはカタカタの実の効果が発現された結果だろう。

横目で宙に浮いているステータスウインドウを確認すると、やはりＨＰゲージは減っていない。

やば……使っておいて良かったー。

用心しておいて、これだもんな……。

でも今の攻撃、初めてだったから避けられなかったけど、タイミングをちゃんと計れば回避出来そうだ。

そうこうしている内にスライムは二撃目の体勢に入った。

ゼリーのような体がぷるぷると左右に震える。

それが体当たりの合図だった。

来る……！

俺は僅かに身を横に反らした。

それだけでスライムの攻撃は外れる。

「……よし、今だ！」

カウンター攻撃が如く、ファイアを叩き込む。

「ギュボォォ……」

炎に包まれたスライムは溶けるように消えて行く。

完全に姿が消え去ると、経験値と取得金の詳細が視界の端に表示された。

「ふぅ……」

ビックリしたー……。

でも、今のタイミングでやれば、スライムに関してはノーダメージで経験値を稼げそうだ。

この調子でどんどん稼ごう。

コツを掴んだ俺は、そこから地道にスライムを倒し、経験値を稼いで行った。

『パラッパッパッパー』

気が付けば四度目のレベルアップファンファーレ。

【ステータス】
名前：ユウト　LV：5　種族：ヒューマン　職業：魔法使い（ウィザード）
HP：101／101　MP：180／180
物理攻撃：35　物理防御：35
魔法攻撃：106　魔法防御：98
敏捷（びんしょう）：41　器用：46　知力：87

【魔法】
ファイア〈火属性〉　Lv．3　UP！

【スキル】
鈍化（スロウ）　Lv．1　NEW！

「おっ、初めてスキルを覚えたぞ。鈍化(スロウ)って何だ……？」
ステータス画面から詳細を覗(のぞ)いてみる。

【鈍化(スロウ)】Lv．1
一定時間、対象の知力と敏捷を10％減少させる。

「ほほう、これは地味に使えそうだな」
素早い敵とか、魔法を使ってくる相手には有効じゃないだろうか。
俺は早速、スキルパレットに鈍化(スロウ)をセットした。
それにしても――、
必要経験値も上げ幅が大きくなってきてるし、そろそろスライムだけではキツそうだ。
狩り場を変えてチャレンジしたい所だけど……ちょっと疲れた。
あんまりやり過ぎるとリアルの明日に響くしなー。
という訳で、今日はこの辺で終わりにしておこう。
俺は町へ戻ると、正門近くでログアウトした。

† † †

◇オフライン◇

眠気を堪えてなんとか授業をこなした俺は、帰りのホームルームが終わるや否や、忍者と見紛う静けさと素早さで教室を出た。

迷いの無いその足取りは、当然のように自宅へ向けられている。

しかも鼻歌交じりだ。

それも思い掛けず手に入ったノインヴェルトオンラインのせい。

授業中もその事で頭が一杯で、ずっとそわそわしていた。

久し振りにのめり込めるゲームに出会えて進む足も速くなる。

歩くのはいつもの下校路。

そこを進んでいると、否応無しに昨日の不良達のことを思い出す。

同じ道を通ると、また奴らに出くわす可能性があるな……。

それは絶対に避けたい。

仕方ない、少し遠回りになるけど道を変えるか。

そう思い立って、横に伸びる細い道に足を踏み入れた時だった。

「おい、何か言ってみろよ」

道の先から不穏な声が聞こえてきた。
俺は嫌な予感がして、咄嗟に物陰に隠れる。
「聞こえねえのかよ！」
再び怒鳴り声が聞こえてきた。
しかも、この声には聞き覚えがある。
……間違い無い。
昨日、俺から金を奪った奴らだ。
誰か絡まれてるのか？
ご愁傷様……と思いつつも、少し気になる。
物陰からそっと顔を覗かせると、制服を着た三人の少年が見えてくる。
あの顔は忘れていない。
やっぱり、昨日の奴らだ。
その三人に取り囲まれるように壁際に追い詰められている人物がいる。
うちの学校の生徒か……？
不良達の合間に見え隠れするその人物の顔を確認したその時、俺の中に衝撃が走った。
――女子生徒!?
しかも、彼女には見覚えがある。

うちのクラスの名雪悠乃だ。

彼女は俺と同じで、クラスでは目立たない存在。

物静かで誰とも口を利かず、いつも教室の隅にいるような人物だ。

実際、彼女が何かしゃべったところを見たことがないし、親しい友達がいる様子もない。

ただ顔立ちは物凄く整っていて、スタイルも良く、その辺のアイドルなんかよりもずっと可愛い。

だから彼女に言い寄る男子生徒もたまに見かけることがあった。

でも、その物静かな性格が災いしてか、コミュニケーションが取れず、皆諦めてしまうらしい。

そんな性格だから、不良に囲まれた彼女は声も上げられず、ただ怯えていた。

男三人に囲まれたら誰でもそうなるかもしれないけど、彼女の場合は特段気弱なせいか、顔面蒼白で震えが止まらない様子だった。

「おい、こいつ震えてるぜ」

「あらら、お前が強く言いすぎるから」

「別に俺達は痛めつけようっていうんじゃないんだぜ？」

少年達はニヤニヤしながら彼女の肢体を舐め回すように眺めている。

それだけで俺は奴らの下心を悟った。

マジかよ……あいつら……。

何も言えなそうな大人しい子に狙いを付けて、手を出そうなんて……心底ゲスな奴らだ。

「俺達と仲良くしようって言ってるんだ。悪いようにはしねえよ」

リーダー格である少年が下卑た笑みを浮かべながら彼女に近付く。

すると、名雪さんは恐怖で足に力が入らなくなってしまったのか、壁を伝うようにして地面にぺたんと腰を下ろしてしまった。

「どうやらオーケーみたいだぜ？」

「おお、やった。じゃあ俺が一番っ」

「バカか、俺が最初に決まってんだろ！」

呆然(ぼうぜん)自失としている彼女の前で三人が揉(も)めている。

このままでは彼女の身が危ない……！

しかし、この場所はビルの合間にあるような路地だ。

人通りが皆無といって等しい。

誰かの目に留まる可能性は低いし、警察を呼ぶにしても到着までに時間がかかる。

そんなのを待っていたら手遅れになる。

となると……今、彼女を救うことが出来るのは俺だけってことか……？

でも、俺の力じゃ彼らに返り討ちにされるだけで、助けるどころの話ではなく被害者が増えるだけだ。
昨日、痛い思いをしたので尚更、行動を起こそうという気になれない。
このまま見なかった事にして、立ち去ることも出来る。
でもなー……。
あとになって後悔するんじゃないのか？
ずっと、この時のことを思い出して引き摺るんじゃないのか？
そもそも、人としてどうだろう？
そんなふうに自問自答していると勝手に状況が動いた。
「……ん？　なんだてめぇ」
不良達が俺の姿に気付いたのだ。
全員、こちらへ目を向けてきている。
やべ……。
物陰に隠れていたとはいえ、様子を探るには顔を覗かせなければならない。
それ相応のリスクはある。
なるべくしてなった結果だが、名雪さんの身が心配だったのだから仕方が無い。
しかし、もう後戻りは出来ないな……。
「お？　もしかしてお前、昨日の奴か？」

リーダー格の少年が俺の顔を見てそう言った。

どうやら覚えてくれていたようだ。

嬉しくないけど。

「借りた金の催促なら百年後にこいよ」

その台詞に呼応するように他の二人の少年も嘲笑を浮かべる。

しかし、今はそんな事どうでもいい。

この隙に彼女が逃げてくれれば……。

俺は視線で名雪さんに促す。

だが――彼女は足に力が入らないのか、その場から動けないようだった。

おい……何やってんだよ……。

ここで逃げてくれないと、俺の尊い犠牲が無駄になるだろ。

不良達にとって突っ立ったまま何もしない俺の姿は反抗的に映る。

どうやら、それが癇に障ったようだ。

「聞こえねえのか？　俺達は今、取り込み中なんだ。それともまた痛い目にあいたいのか？　ああん⁇」

完全に彼らの標的が俺に変わった瞬間だった。

しかし、俺は立ち尽くすことしか出来ない。

彼女が逃げてくれるまでは……。

「なんだ？　文句でもあるのか？」

リーダー格の少年が苛立ちを露わにし、俺に近付いて来る。

「どうやら、とことんやらねえと分からないようだな!!」

彼は握った拳を振り上げた。

それが俺の顔面目掛けて振り下ろされる。

「くっ……！」

俺は痛みに堪える為、目を瞑り、歯を食い縛った。

が――、

パリーン

「……え？」

確実に殴られたはずなのに、痛みが無かった。

それどころかガラスが割れたみたいな音がして、俺の眼前に破砕した盾のようなエフェクトが飛び散った。

これって……。

俺はこのエフェクトと同じものをゲーム内で見たことがある。

そのゲームの名は――、

ノインヴェルトオンライン。

その世界で、カタカタの実の効果が発動した時に出るエフェクトと全く同じだったのだ。

しかし、現実でゲームのようなエフェクトが飛び散るだなんて有り得ない。

でも、幻でもなんでもなく、確かに目の前でそれが起きていた。

現に俺は殴られたにも拘わらず、全く痛みを感じなかったのだから。

そこでふと、ノインヴェルトを起動した際に表示されたダイアログの事を思い出す。


『ノインヴェルトのステータスをリアルと同期させますか？　Ｙｅｓ／Ｎｏ』


それって、もしかして……ゲームの世界と現実世界を同期させるってことなのか⁇

文面から考えてもそうとしか思えないし、現にそれが起こっている訳で……。

――マジか……。

俺は戸惑った。

でも、俺を殴った不良は、もっと戸惑っていた。

「なっ……⁇」

リーダー格の少年は、倒れない俺と自分の拳を見比べて困惑していた。

それもそうだろう。

昨日と同じ調子で殴ったのに、相手が平然としているのだから。

僅かな間だが、辺りがばつの悪い空気に包まれる。

「ちっ……」

彼はその空気を打ち消すように舌打ちすると、何かの間違いだと思ったのか再び殴りかかってきた。

「なめやがって！」

これがもし本当に現実がゲームと同期（シンクロ）しているというのなら、カタカタの実の効果はあと一回分、残っている。

もう一度殴られても、なんともないだろう。

だが、さっきは気付かなかったが……このパンチ、よくよく見れば避けられそうなくらい遅い。

スライムの体当たりよりも遅いくらいだ。

もしかしてレベルアップで敏捷（びんしょう）の数値も上がってるから、それも反映されてるのか？

これなら、わざわざ当たりに行って、カタカタの実の効果を消費する必要も無い。

――やってみるか。

俺はスライム狩りで得たタイミングの取り方で体を横に傾ける。

それで奴（やつ）のパンチが脇を擦（す）り抜けた。

「何っ……!?」

今度は明らかに避けて見せたことで、彼の顔に動揺が走る。

「なんで当たらないんだ……？　こんな奴に……！」

リーダー格の少年が歯嚙みする中、他の二人の少年が俺の姿を見ながら呟く。

「そういやこいつ……なんか昨日より背が高くなってないか？」

「まさか……そんな訳ないだろ？　たった一日で伸びるかよ」

え？　背が高くなってる？

「体もなんか……筋肉がついたような……」

「んな、バカな……」

え……体も？

他人から言われてみて初めて気付いた。

そういえば……今朝、なんか制服が小さいなとは思ったけど……。

現実では、そんな速度で背が伸びたりなんかはしない。

考えられる原因は……キャラメイキングの時に少しだけ背を高く設定したのと、体格も細マッチョに設定した事。

まさか、そんなところまで反映されてるのか？

なら容姿も美化補整が入ってたりして。

今日に限ってクラスの女子達が、やたらと俺のことをチラチラ見てきたのは、もしやそのせいだったのか⁇

あんまり鏡を見ることが無いから気付かなかったぞ……。

しかし、そこまでゲームと同じだというのなら……もしかして、アレも可能だったりして……。

そう、魔法だ。

俺はノインヴェルト内でファイアの魔法をレベル3まで修得している。

現実でもそれが使えたら……。

って、それはさすがに有り得ないか。

いや、でも実際に身体能力は上がってる訳だし、可能性は大いにある。

そうなってくると、単純に試してみたいという衝動に駆られる。

「でもなー……本当に出たら、それはそれでマズい気もするし……」

俺が一人でブツブツと呟いていると、不良のリーダーは苛立ちを露わにする。

「何ごちゃごちゃ言ってんだ」

「いや別に……こっちの事だから」

「は？　弱えくせに、イキってんじゃねえよ！」

沸点が低いのか、ちょっとしたことで頭に血が上ったようだ。

「おい、こいつやっちまおうぜ」

「ああ」

「だな」

彼が言うと仲間の少年二人も頷いた。

そして――、

「おらぁぁぁっ！」

「死ねやぁっ！」

「ごるぁぁっ！」

奴らは馬鹿の一つ覚えのように殴りかかってきた。

そこで俺は思う。

まあ、ちょっとだけなら平気かな？

怪しまれたら、ガスバーナーを隠し持ってたことにしよう。

それで、やべー奴認定してくれればそれに越したことはないし。

俺は彼らに向かって、静かに右手を掲げた。

そして意識の中で念じる。

――ファイア。

直後、何も無かった眼前の空間に炎が噴き上がった。

殴りかかってきていた不良達は熱風に煽られるように仰け反り、尻餅を突く。

出現した火球は俺が思っていたよりも大きく――そして激しく燃え盛っていた。

やばっ⁉

「いぃっ⁉」

ゲームでは世界に馴染んでるけど、それを現実に持ってくると思いの外、激しいぞ⁉

こんなのを実際に放ったら大火事になってしまう。

どうしたら止められるのか分からないが、ともかく意識を引っ込めた。

すると、膨らみ始めていた火球がみるみる萎んで行く。

瞬く間に火球は小さな点となって眼前の空間から完全に消え去った。

俺はホッと胸を撫で下ろす。

ふぅ……。

キャンセル出来るようでよかったー……。

てことは、キャンセルが出来るなら威力の調節も可能かもしれないな。

それも試してみたいところだが……とりあえず今は目の前の事の方が先だ。

不良達に対して別の対策を考えようとしていると――。

「あわわわ……」

「？」

気付けば彼らは皆、腰を抜かして地面で震えていた。

それに熱風で煽られた影響か、三人とも髪の毛がチリチリに焦げてアフロパーマのようになっていた。

そんな彼らの表情には、もう戦意は無い。

「ひ……ひぃぃぃぃっ!?」

すると不良達は擦れた悲鳴を上げながら、慌てて逃げ出した。

覚束ない足取りで地面を這うように走る。

その姿を見ていると——。

おっと、思い出した！

そういえば彼らに貸した金を返してもらってなかったぞ。

そう思い立ったと同時に体が自然と動いていた。

俺は素早く移動し、逃げ惑う不良リーダーの後ろ襟を掴んでいた。

これまでの俺なら、そんな大胆な行動に出たりはしない。

でも、今の俺は身を以て行動した影響か、出来るような気がしたのだ。

「おふっ……!?」

不良のリーダーは喉が圧迫されたのか変な声を上げた。

そして、まさか捕まるとは思っていなかったのか、怯えた表情を見せていた。

「う……うわぁ……！　ゆ、ゆるしてくれ！　お、俺が悪かった！」

その様はまるで命乞いだった。

「そんな事はどうでもいい。それより俺の金を返してくれるか？」

「へ？　か……金？」

唐突に金の話を出されて彼はきょとんとした。

「忘れたとは言わせないぞ。俺から金を借りてるよな？」

そこまで言って、ようやく思い出したのか、彼はハッと目を見開いた。

「……！　は、はいぃっ！　た、確かに借りてます！　い、いいいま、返します！　返しますから、堪忍して下さいぃぃぃっ!!」

彼は自分の財布を取り出すと、札と小銭を全て地面にぶちまけ、掻き集める。

それをそのまま俺の手に載せてきた。

「こ、これで全部ですからっ！　ひぃぃぃぃぃっ！」

「あっ……ちょっと！」

こちらが何か言う前に、彼は脱兎の如き足の速さで消えて行ってしまった。

「……」

ったく……まだ、金額を確認してないってのに……。

俺は渋々、小銭に混じった砂利を取り除き、金を数える。

奴に取られた金は1万1千500円。

でも、ここにある金は全部で1万3千円あった。

ちょっと多めだけど、それは迷惑料と貸してた利子ってことでいっか。

そんな訳で図らずも撃退出来たみたいだった。

で、それはそれでいいとしてだ……。

名雪さんは——？

彼女のことを思い出して、そちらへ目を向ける。

すると、名雪さんは壁際に座り込んだまま俺のことを呆然(ぼうぜん)とした目で見つめていた。

だよねー……。

目の前で変なエフェクト出したり、火球まで作ったらそうもなるだろう。

さて、どうしたものか……。

「だ……大丈夫か？」

ともかく、俺はへたり込んでいる名雪さんのもとへ近付くと、少し緊張しながら尋ねた。

陰キャの俺が女子と話すなんて有り得ない事態だ。

しかも、こんな近くで。

傍で見る名雪さんはとても可愛かった。
清楚を体現したような長い髪。
いかにも繊弱そうな白い肌。
長い睫の下には吸い込まれてしまいそうなほどの丸くて大きな瞳があった。
そんな彼女は、先ほどから俺のことをぼんやりと見つめている。
現実で魔法なんて使う奴はいないだろうからな。
相当、驚いたのだろう。
使った俺も驚いてるし。
ゲームと現実は混同しちゃいけないよ！
なんて言葉があるが、この状況は混同せざるを得ないだろう。
「えっと……何かされてない？　怪我とかは？」
更に尋ねると、彼女は無言で首を横に振った。
その反応からして、取り敢えずは大丈夫そうだった。
しかし、変な沈黙が続く。
うーむ……この状況をどう説明したらいいだろう……。
あの火力では、当初考えていたガスバーナーという言い訳は難しいか。
じゃあ、花火とかはどうだろう？

ああいった奴らに絡まれることがよくあるので、普段から護身用に持ってるってことで。火球になって激しく燃え上がる……そんな市販花火見たこと無いけど、新商品ってことにしたら行けるかも……？

なんてことを考えていると、目の前にいる名雪さんが急にスマホを取り出して、何やら画面を弄り始めた。

ん？　どうしたんだ、突然……。

そのまましばらく待っていると、事を終えたのか彼女が画面をこちらに向けてくる。

そこにはメモ帳アプリか何かが開いていて、こういう文字が書かれていた。

『ありがとう』

え……？

なんで、わざわざスマホで？

疑問に思って表情を窺うと、彼女は急に頬を赤く染めて恥ずかしそうに視線を逸らしてしまった。

そういえば、名雪さんてこういう感じの人だったと思い出す。

クラスの隅でいつも一人。

誰とも喋らないし、声も聞いたことが無い。

俺も今日初めて彼女と話すので詳しいことは分からないが、恐らく極度の人見知りなんだと思う。

それでも必要な時、どうやってコミュニケーションを取ってるんだろうと思ったが……いつもこんなふうにしてたのか？

「礼なんていいよ。俺はたまたま通り掛かっただけだから……」

見て見ぬ振りをすべきかどうか迷ってたくらいなんだから、寧ろ申し訳ない。

「それよりさっきの事なんだけど……」

ついでに魔法についての言い訳をしようとした時だ。

またもや彼女がメモを見せてきた。


『魔法すごかったね』


「!?」

俺は何を言われたのか一瞬、分からなかった。

えっ……魔法を魔法として受け入れられた!?

まさかの発言に戸惑いながらも恐る恐る尋ねる。

「な……なんで魔法だって分かったんだ⁉」

『手から炎＝魔法』

「いや、まあ……そうかもしれないけど、普通はそんなにスムーズに受け入れられるものでもないよな？」

『ＶＲゲームばかりやってるから、あまり違和感無い』

「なるほど、ＶＲの世界も現実と変わらないくらいリアルだもんな。そこで毎回魔法を見ていると、実際に現実で起こってもあまり驚かない…………訳ないだろ！」

受容するの早すぎ！

それもビックリだが、その他にも驚いたことがあった。

「って、名雪さんってＶＲゲーやるの⁉」

『やる』

そいつは驚いた。

まさか名雪さんと俺に共通点があるとは。

『今はノインヴェルトにはまってる』

「ええっ⁉　マジで！　それ、俺もやってる！」

更に同じゲームに嵌(は)まってるとは思ってもみなかった。

『本当に？　サーバー名は？』

「ウロボロスサーバーだけど」

『私も同じ』

「えっ⁉　じゃあ、どこかで会ってるかもしれないな」

『今度、一緒にクエストやらない？』

「ああ、もちろん！　喜んで」

『じゃあアバター名、教えて』

「分かった」

そこで俺達はアバター名を交換し、ついでに携帯の連絡先まで交換した。

なんで同じ趣味の話だと、こうも気兼ねなく話せるんだろうな？

そのままノインヴェルトの話に花が咲き、こんな路地裏でついつい話し込んでしまった。

気が付けば数時間が過ぎていた。

しかしその間、彼女はずっとメモで会話。

それが妙に気になるのだった。

【第2章】俺のステータスがぶっ壊れた

◆オンライン◆

俺は家に帰るなり自分の部屋に直行。

すぐにアビスを装着して、ノインヴェルトの世界へとダイヴした。

不良達から名雪さんを助けたあの後、彼女とゲームのことで意気投合して、ついつい話し込んでしまった。

その流れの中で、

「どうせなら今度と言わず、今日、家に帰ってからすぐにやらない？」

という話になったのだ。

俺がログインして降り立った場所は首都ディニスの正門前。

前回、スライム狩りを終えてログアウトした場所だ。

名雪さんとの待ち合わせ場所もこの正門前ということになっていた。

彼女はエルフ族らしいけど、既にこの人間族の国、ルマナントまで来ているということだった。

サービス開始二日目で他国まで足を延ばしているとか、かなりの猛者だぞ。

名雪さん……現実では大人しそうに見えるけど、ゲームの中では結構活動的なんだな。

俺は町を行き交う冒険者（プレイヤー）達をぼんやりと眺める。

ちょっと早く来すぎたかな。

一応、約束した時間まではあと十五分くらいはある。

暇つぶしに少しだけ道具屋でも見てみるか。

そう思って踵（きびす）を返した時、目線の先に活発そうな顔立ちの金髪美少女が立っていた。

少女は俺と目が合うと、ピンと来たかのように駆け寄ってくる。

そして、そのまま——

「見ぃーつけたっ！」

抱きついてきた⁉

「おわっ⁉　な、何⁇」

金髪美少女は俺の首に腕を回し、尚（なお）も強く抱き締めてくる。

最近のＶＲ技術の進化は凄（すさ）まじく、ちゃんと肌の温（ぬく）もりや柔らかさを感じるから気が気でない。

「神先（かんざき）君でしょ？」

そう聞かれて、すぐに察した。

「えっ……まさか、名雪さん⁉」

少しだけ体を戻すと彼女の顔が視界に入ってくる。

よく見ると長い耳がある。エルフだ。

そして、随分と朗らかな笑顔に包まれていたのですぐに分からなかったが、その顔立ちは確かに名雪さんの面影があった。

「この世界ではユーノだよ」

「ユーノ……」

名雪悠乃(ゆうの)……。

彼女の頭の上に浮かぶアバター名と、リアルの彼女を重ね見る。

現実の大人しく人見知りの彼女からは想像も付かない笑顔に、俺はびっくりしてしまった。

しかも、普通にしゃべってるし。

彼女は俺の頭上に浮かぶ名前を見ながら言う。

「神先君はリアルと同じアバター名なんだね」

「え？　ああ、そうだけど」

名雪さんもじゃん！

と言いかけたが、押し留(とど)める。

それに俺の場合、アバター名を勝手に決められちゃったんだよな。

今だから思うけど、それも同期の影響なんじゃないかと思う。

ゲームがリアルに反映されるだけでなく、リアルもある程度ゲームに反映されているのかも？

「じゃあ早速、何しよっか？」

「うーんと、やっぱりレベル上げかな？　俺、まだレベル5だし。そういえば名雪……じゃなかった、ユーノは今、レベルいくつなの？」

「私はレベル10だよ」

「10!?　もう、そんなに？」

このゲーム、レベルアップに必要な経験値と経験値稼ぎが結構シビアな設定になってるから、なかなかレベルが上がらないんだけど、それで昨日の今日で10とか凄くないか？

「昨日は寝てないし！」

彼女は満面の笑みでそう言って退けた。

「……」

名雪さんて……もしかして、かなりの廃ゲーマーなんじゃ……？

とはいえ、どうやってそこまで上げたのか気になる。

「ちょっとステータスを見せてもらってもいい？」

「うん、いいよ」

許可が出たので、俺は彼女の名前に視線を合わせ、ステータスウインドウを開いてみた。

【ステータス】
名前：ユーノ　LV：10　種族：エルフ　職業：弓使い(アーチャー)
HP：96／96　MP：52／52
物理攻撃：35　物理防御：35
魔法攻撃：21　魔法防御：19
敏捷(びんしょう)：34　器用：27　知力：29

【魔法】
なし

【スキル】
スマッシュショット　LV．2
ホークアイ　LV．2

なるほど、こんな感じか。

職業は弓使い（アーチャー）……意外だな。

彼女のリアルでの雰囲気だと、聖職者（クレリック）なイメージだけど。

ってか、思ったんだけど……このステータス、おかしくないか？

俺が違和感を覚えた理由。

それは数値の低さにあった。

これで本当にレベル10？

職業や種族の違いはあれど、レベル5である俺のステータスとあんまり変わらないんだけど？

ちなみの今の俺のステータスはこれだ。

【ステータス】
名前：ユウト　LV：5　種族：ヒューマン　職業：魔法使い（ウィザード）
HP：101／101　MP：180／180
物理攻撃：35　物理防御：35
魔法攻撃：106　魔法防御：98
敏捷：41　器用：46　知力：87

【魔法】
ファイア〈火属性〉　Ｌｖ．３
【スキル】
鈍化（スロウ）　Ｌｖ．１

え？　俺の方が勝（まさ）ってるとか!?

どういう事だ？

「何かおかしな所でもあった？」

「えっ……」

ステータスを見つめたままボーッとしていたから、ユーノが不安そうに尋ねてきた。

「いや、弓使い（アーチャー）とは意外だなーと思ってね」

「そう？　私、クラスチェンジが出来るようになったら真っ先に盗賊（シーフ）になるんだー。それで最終的には暗殺者（アサシン）を目指すの」

「……」

目標は、もっと意外だった！

「で、準備はもうOK？」

「ああ、問題無い」

「それじゃ行こ！　私、いい狩り場を知ってるんだ！」

彼女はそう言うと、突然、俺の手を握ってきた。

「っ⁉」

バーチャルとはいえ、女の子に手を握られることなんて初めてだったので、かなり戸惑った。

「どうしたの？」

「え……いや、その……手……」

手を繋いだだけで動揺している格好悪い男になっている予感がするが、ユーノはそんなこと全く気にしていないようで、寧ろ肩と肩が触れ合うくらい近くに寄り添ってくる。

なんか距離感とかおかしい気がする！

それにユーノ……いや、名雪さんてこんな積極的な人だったっけ⁇

俺が困惑していることに気付いているのか？　そうでないのか？

彼女は上目遣いでこう言ってきた。

「こういうの……ずっと、やってみたかったんだ」

てへっ——と照れ臭そうに舌を出すユーノは、反則なくらい可愛かった。

†　†　†

そんな訳で俺はユーノに連れられ、彼女のお勧めだという狩り場にやってきていた。

「この辺りにポップするイビルバットがレベル上げに丁度良いと思うよ」

「へえー」

彼女が紹介してくれたのは町の近くにある浅めの洞窟。

そこに出没するというコウモリ型のモンスター、イビルバットが俺くらいのレベルには美味しいらしい。

それに防御力が低めで魔法による遠距離攻撃が主体の魔法使いにとって、飛行タイプの小型モンスターは戦い易い相手だろう。

推奨レベルも5~8という感じで丁度良い。

「でも……俺はいいけど、ユーノにとっては美味しくない相手になってしまうんじゃないか？」

レベル10の彼女にとっては、かなり効率の悪いレベル上げになってしまう。

それに付き合わせるのは、ちょっと心苦しい。

「そんなことないよ。全く経験値が入らないって訳じゃないんだから。それに今日のお礼のこともあるしね」

言われて思い出す。

恐らく、下校時に不良から救ったことを言っているのだろう。

「寧ろ、そんな程度では足りないほどの事をしてくれたんだから、遠慮することないよ」

「……そう？」

「うん」

彼女は嬉しそうな表情を浮かべた。

その顔を見ていると、お言葉に甘えさせてもらおうかな……という気になってくる。

「じゃあ私が弓で一匹だけ釣ってくるから、ここで待ってて。連れてきたら魔法をお願いね」

「ああ、分かった」

洞窟の入口から奥の方を見渡すとイビルバットが複数飛んでいるのが見える。

子犬くらいの大きさはあるコウモリだ。

モンスターにしては小さいが、コウモリにしてはデカい。

というか気持ち悪い。

ステータス表示を見ると、どれもレベル8〜9の格上モンスターだ。

慎重に行かないと死ぬ可能性があるぞ。

このゲームは前作同様、プレイヤーがモンスターと戦闘をしている間、近くに他のモンスターがいるとアクティブ状態になって戦闘に参戦してくる仕様になっている。

いわゆるリンクというやつだ。

だから意図せず大量のモンスターに囲まれてパーティが全滅ってこともよくある。

相当レベル差があって余裕がある場合以外は、一匹ずつ狩るのが死なない為の鉄則だ。

だから彼女は、そこから一匹だけターゲットを取って、俺の所まで連れてくるという。

イビルバット一匹を二人で相手すれば、ほぼ死ぬことは無いだろうから。

そんな訳で、俺は洞窟の奥へと向かったユーノの様子を見守る。

彼女は壁際に沿って慎重に目標へと近付き、弓を構えた。

こういう時、弓使いは便利だ。

充分な距離を取って、見極めながらモンスターを釣ることが出来るのだから。

そうこうしている内に、狙いを定めていた彼女が矢を放った。

スッと一筋の煌めきが宙を飛ぶ。

それが群れるイビルバットの一匹にヒットした。

——上手い！

他のイビルバットに気付かれることなく、一匹だけを反応させ、誘き寄せることに成功した。

彼女はそのまま俺の所まで駆けてくる。

「連れてきたよ！」

「おし！」

俺はすぐに杖を構え、ファイアの魔法を唱えた。

火球が目の前に形成され、瞬く間に大きくなる。

「ファイア！」

叫んだ途端、火球がイビルバット目掛けて一直線に飛ぶ。

直後、

「グギャァァァ……」

イビルバットは断末魔の叫びを上げて爆散していた。

「え……？」

俺は目が点になった。

いくら弱いモンスターとはいえ、レベルでは格上だ。

それがファイアの魔法、一発でやられてしまうなんて有り得ない。

元々、体力が少なめのモンスターなのか？

だとしても、そんなに弱かったらゲームバランスが崩れてしまう。

それに、これにはユーノも目を丸くしていた。

その反応から、やはり普通ではないのだろう。

目の前で起こった珍事に驚いていると、更に驚くべきことが身の上に起こった。


『パラッパッパッパー』


「!?」

それはレベルアップを知らせるファンファーレだった。

「ええっ!?　一匹倒しただけでレベルアップ??」

そんなに経験値の高いモンスターだったとは思えない。

それにこれまでレベル上げには結構な数のスライムを狩ってきたから、突然簡単にレベルアップしたように感じた。

ステータスを覗(のぞ)いてみると――、

【ステータス】
名前：ユウト　LV：6　種族：ヒューマン　職業：魔法使い(ウィザード)
HP：250／250　MP：480／480
物理攻撃：101　物理防御：112

魔法攻撃：360　魔法防御：307
敏捷(びんしょう)：124　器用：159　知力：294

【魔法】
ファイア〈火属性〉　Lv．4　UP！
クロスファイア〈火属性　全体攻撃〉　Lv．1　NEW！
アイススピア〈氷属性〉　Lv．1　NEW！
サンダー〈雷属性〉　Lv．1　NEW！

【スキル】

鈍化(スロウ)　Lv．2　UP！

駿足(スイフト)　Lv．1　NEW！

速読魔(ファストスペル)　Lv．1　NEW！


「なんだ……これ……」

確かにレベルは上がっているが……とてもレベル6とは思えない数値になってんぞ!?

レベル5からの上げ幅が凄い。

それに魔法もスキルもすごい増えてる。

なんとなく数値がおかしいとは思っていたが、ここに来てとうとう――、
俺のステータスがぶっ壊れた⁉

これは明らかに普通じゃない……。

勿論(もちろん)ステータスの数値もおかしいが、魔法やスキルではっきりとそれが分かる部分がある。

今回のレベルアップで覚えたクロスファイアの魔法と、速読魔(ファストスペル)のスキル。

この二つは公式サイトのガイドを見る限り、本来レベル15で修得するものだ。

レベル6で覚えられるものじゃない。

その他の魔法やスキルについても、やはりこのレベルで得られるものじゃなかった。

これ完全にバグってるだろ……。

こういうのは運営に報告しておいた方がいいだろうな……。

「すごいねユウト！　イビルバットを一撃で倒しちゃうなんて……って、どうしたの？」

俺がぼんやりと自分のステータスを見つめていると、ユーノが心配して駆け寄ってくる。

「いや……なんていうか……俺のステータスがバグってるみたいなんだ」

「バグ？　どんなふうに？」

彼女に自分のステータスを見せてみた。

「わあ……確かにレベル6にしては高い数値だね」

「でしょ？　このままプレイしてるとマズい気がするから運営に報告しておこうと思うんだけど……」

「えー、せっかく強いのに？　こっそり使っててもバレないよ」

「さらっと大胆なこと言ったな！」

確かにこのままこのアバターを使えたら、世界で俺だけが特別な感じがしてワクワクしてくるし、ゲームも優位に進められる。

でも、下手に使い続けてチーターと間違えられ、垢BANされたら元も子もない。

せっかく手に入れたノインヴェルトの生活を失いたくはないからな。

「もしかしたら、クエスト報酬で得た、成長ボーナスかもしれないよ？」

「そうか？」

そんな感じのクエストを受けた覚えは無い。

NPCと話していて知らぬ間にフラグが立っていたとしても、そもそも受けたクエストは受注リストに載っているはずだ。

一応、受注リストで確かめてみたけど、やっぱりそんなクエストは無かった。

「ともかく、放置しておくのは気持ちが悪いから報告だけはしておくよ」

そう言って俺はヘルプウインドウの端っこにある問い合わせボタンをタップする。

開いたフォームに今回の現象について、ささっと記入し、送信した。

これで、よし……と。

俺が事を終えたことを見計らってユーノが聞いてくる。

「で、これからどうするの？」

「そうだな……バグった状態でゲームをやり続けるのもどうかと思うし……残念だけど今日はこれでお開きかな……」

「そっか……」

彼女は残念そうに俯いた。

楽しそうにしてたのに申し訳ない気分になる。

すると突然、彼女は嬉々とした表情で顔を上げた。

「あ、でも雑談なら問題無いよね！」

「え？」

「私、ユウトと色々話したい！　ゲーム以外の事も……」

「俺と……？」

会話の引き出しなんて全然持っていない陰キャの俺と一体、どんな話が出来るって言うんだ？

それでもゲームの事なら盛り上がれるが、それ以外の事となったら……てんで思い付かない。

　しかも女子相手に……。

「面白い話なんて出来ないぞ……？」

「別に気を遣う必要は無いよ。私がユウトの事をもっと知りたいだけだから……」

　彼女は頬を染め、照れ臭そうに言ってきた。

「俺の事……？」

「そう、例えばその……彼女はいるの？　とか……」

「かっ……彼女⁉」

「えっ⁉　その驚き方はやっぱりいるの⁉」

　生まれてこの方、そんな質問はされた事がなかったので激しく動揺した。

　勢い良く、ぶるぶると首を横に振る。

「い、いる訳ないじゃん！　そもそも誰かに好かれるような人間じゃないし、俺……」

　急に何を言い出したかと思えば、彼女はいるか——だって？

　陰キャまっしぐらの俺は、どう見たって百人が百人、恋人がいるようには見えないと言うだろう。

　俺、彼女イナイ歴＝年齢な人間だぞ？

「……本当に？」

「嘘(うそ)を言ってどうすんだよ」

すると彼女はホッと胸を撫(な)で下(お)ろし、こう言った。

「よかったー……」

よかった……だって？

それって、どういうこと⁇

彼女は目の前で俯いたままモジモジとしているし……。

こっちも、なんだか心臓がバクバクしてきた……。

場に漂い始めた緊張感に押し潰されそうになりかけた時だった。

ピピッ

突然、短い通知音が脳内に鳴り響いた。

「ん……？」

「どうしたの？」

コンソール上を見ると、メッセージの項目に新着の印がある。

開いてみると、差出人はノインヴェルトオンライン運営事務局となっていた。

「運営からだ」

「もう返事きた⁉」

まさか……そんなに早く？

いくらなんでも早すぎだろ。
でも、それ以外に運営から直接メッセージが届くような理由は無い。
なにはともあれ早速、中身を読んでみた。

【ダイレクトメッセージ】
件名：Re：ステータスのバグについて
差出人：ノインヴェルトオンライン運営事務局
本文：ユウト様
いつもノインヴェルトオンラインをプレイして頂き、ありがとうございます。
並びに、お問い合わせありがとうございます。
この度、お問い合わせ頂いたステータスに関するバグについてですが、私共運営側で検証した結果、問題が無いことを確認いたしました。
ソフト側に於ける通常仕様でございますので、このままお楽しみ頂ければ幸いです。
これからもノインヴェルトオンラインをよろしくお願いいたします。

「……」

文を読み終えた後、俺の中でしばらく時が止まっていた。

数秒経って、我に返ると——、

「な……なんだって⁉」

思わず、そう叫んでいた。

「なんて書いてあったの？」

運営からの返信を読んで呆然としていた俺にユーノが尋ねてきた。

「あ……いや……仕様だから問題無いってさ……」

「本当に⁉　やったね！」

「ああ、まあ……うん」

彼女は喜んでくれていたが、俺は本当にそんなんでいいのか？　ってな感じで、ちょっと戸惑い気味だった。

しかし——、

そもそもリアルとステータスが同期している時点で普通じゃないんだから、ゲーム内容の不備だなんて些細なことにしか思えなくなってきた。

運営に「ゲームと現実が同期してるんですけど？」って問い合わせても、世迷い言だと思われて相手にされないだろうしな。

ていうか、ユーノもあれから俺が現実で魔法を使った事について全然、聞いてくる様子がない。

普通に受け入れちゃってる感じだ。

俺もそれくらいのノリで行った方がいいのか？

公式にお墨付きを頂いた訳だから、気にせず安心してプレイ出来る訳だし……。

なら、楽しんでしまったもん勝ちじゃないだろうか？

それに現実とゲームが同期(シンクロ)しているっていうのなら、このままゲームのステータスを上げていけば、リアルの生活もレベルアップするんじゃないだろうか。

となれば、どんどんレベルを上げて行った方が得策だ。

でもその前に、今回のレベルアップで増えた魔法とスキルをチェックしておいた方がいいな。

今回増えた魔法は、クロスファイアとアイススピア、そしてサンダーの三つだ。

クロスファイアはファイアが全体攻撃になっただけの魔法。

雑魚敵をまとめて葬るには便利な魔法だろう。

アイススピアは氷の槍(やり)が敵を貫き、ダメージを与えると共に凍結によるスロウ効果があるらしい。

サンダーは敵単体に落雷を起こし、ダメージを与え、痺(しび)れによる一時的な行動不能効果を得られるのだとか。

これらの魔法は敵の属性に応じて使い分ければ効果的に威力を発揮するだろう。

どの魔法もレベルが上がる度に威力が増して行くはずだし、種類が増えたことで戦い方のバリエーションに幅が出来て立ち回り易くなった。

スキルの方で増えたのは駿足(スイフト)と速読魔(ファストスペル)か。

こっちも詳しく見ていこう。

【駿足(スイフト)】Ｌｖ．１
一定時間、自身の敏捷(びんしょう)を10％上昇させる。戦闘時の回避率に影響。フィールド上での移動速度も上昇する。

これは便利だな。防御力の低い魔法使い(ウイザード)にはありがたい。

でも、これって盗賊(シーフ)しか修得出来ないスキルじゃなかったっけ？

足の速い魔法使い(ウイザード)いなんて絵面的にどうかと思うし。

ともあれ……次に行ってみよう。

【速読魔(ファストスペル)】Ｌｖ．１

一定時間、自身の魔法が発動するまでの時間を20％短縮する。


こっちは魔法使いらしいスキルだな。

効率良くレベ上げするには必須の魔法だし、今後、発動に時間がかかりそうな大魔法を使う時にも役に立ちそう。

どれもこれもなかなか良い感じの魔法とスキルだ。

それと、早くも鈍化のスキルがレベルアップしてる。

内容を見てみると……、

【鈍化】Ｌｖ．２
一定時間、対象の知力と敏捷を20％減少させる。
持続効果：中

20％も減少かー。それって結構凄くないか？

レベル1の時の倍になってるし。

それに効果が持続する時間について初めて表記されたぞ。

〝中〟ってどれくらいなんだろうな。

とにかく、この調子でどんどんレベルを上げて行くことにしよう。

「じゃあ、イビルバット狩りを再開しようか」

「うん、じゃあまた釣ってくるね」

そう言ってユーノは再び洞窟の奥へと向かう。

そんな彼女に俺は一言添えた。

「今度は二匹以上でもいいよ」

今の俺には覚え立てだが全体魔法のクロスファイアがある。

HPや防御力にも余裕があるし、複数の敵でも相手出来そうだ。

「分かったー。じゃあ三匹くらい連れてくねー」

「了解」

さっきは一匹倒しただけでレベルが上がった。

今度は三匹ともなれば、もっとレベルが上がるはずだ。

楽しみにしながら彼女を待っていると——、

「うわわわわっ⁉」

洞窟の奥でユーノの悲鳴が上がった。

「どうした⁉」

「ごめん！　逃げて！」

そんな叫び声と共に彼女が慌てて駆け戻ってくる。

その言葉の意味は見てすぐに分かった。

必死に走って来る彼女の背後を十匹以上のイビルバットが目を真っ赤にした怒りモードで追いかけてきていたのだから。

恐らく手前の数匹を釣ろうとして、奥にいた群れをリンクさせてしまったのだろう。

こんな時、さっき修得した駿足(スイフト)スキルを使えば多分、逃げ切れる。

だが、彼女を置いて俺だけ逃げるなんてことは出来ない。

どのみち死ぬなら、やれるだけやってみるか。

俺は向かってくるイビルバットの群れに対して杖(つえ)を構える。

「ユウト!?」

逃げようとしない俺にユーノは驚いた顔を見せた。

そして、走ってくる彼女と入れ替わるように魔法を放つ。

「クロスファイア！」

途端、宙から噴き上がった炎が十字方向にオレンジ色の熱風を飛ばす。

「ギギィイイイイッ……!!」

それだけで、あれだけいたイビルバットが一匹残らず消失していた。

「うお……」

予想外の高威力に唖然とし、開いた口が塞がらなかった。
またしても一撃で倒してしまったぞ……。
魔法攻撃力のステータス補整が効いてるのか？
にしても、強さのバランスおかしいだろ。
これには、さすがにユーノも呆然としていた。
「え……あれだけの数を一撃で⁉」
でも、結果なんとかなって良かった。
それにこんだけの数を倒したんだ、レベルも凄いことになってるんじゃないか？
そう思ってステータスを確かめようとしたが……。
そういえば、レベルアップのファンファーレが鳴らなかったぞ？
どういうことだ⁇
恐る恐るステータスを確認してみると……、
経験値は相当入っているものの、レベルはそのままだった。
なんでだ⁉
やっぱりどこかバグってるのか？
それとも必要経験値のバランスがおかしいのか……？
とにかく、普通じゃない事だけは確かだった。

† † †

あの後、俺とユーノはしばらくイビルバットを狩り続けた。

お陰でたっぷりの経験値とお金を手に入れることが出来たのだが……やはり、レベルは上がらなかった。

何がいけないんだろうな……。

最初の一匹目でレベルが上がったってことは、そのモンスターだけ特別だったのか？

ただ一つ気になるのは、昨日ログインした時点での取得済み経験値が多いように感じた事だ。

前々日のスライム狩りを終えた際には、そんなになかった気がする。

経験値の数字をハッキリと記憶していた訳じゃないので、気のせいかもしれないけど。

ともあれ一夜明けて、今は登校の時間。

ノインヴェルトの世界でずっと遊んでいたかったが、これればかりは仕方が無い。

学校に到着した俺は、正門を抜けて教室へと向かう。

◇オフライン◇

しかし、その足取りは重い。

別に普段からそんな感じだが、今日はいつもより輪を掛けて重かった。

その理由は明確だ。

本日、学校で行われるイベント。

それが原因だった。

――球技大会。

陰キャにとって地獄の響きを持つ言葉だ。

体育祭と並んで、陽キャの連中が血気盛んになるイベントでもある。

奴らは、なんであんなに盛り上がれるんだろうな……。

やっぱり、女子の前で良い格好を見せたいとか、そういう事なんだろうか？

運動神経を母親の胎内に置いてきた俺にとっては、全く関係の無い話だ。

まさに通夜のような一日なのだから。

しかもこれが一日ならまだしも二日間にわたって行われるというのだから、死ねと言われているようなものである。

ちなみに行われる球技種目は男女で異なる。

男子はサッカー、バスケ、ソフトボールの三種。

女子はハンドボール、バレーボール、ドッジボールの三種だ。

それぞれの種目でチームを作り、クラス対抗で優勝を争う。

一応、やりたい種目に希望を出すことが出来るが、端から俺はどれも希望したくない訳で……。

だからといって拒否権は無いので、そうなってくると自動で振り分けられることになる。

それで決まった俺の種目はサッカーだった。

もうこの際、なんでもいいのだが、俺がそこに入るとなるや否や、サッカーを希望していた生徒達が、俺に向かって「足手まといになるなよ」的な厳しい視線を送ってきたのを覚えている。

すまんな。俺も君達の邪魔はしたくないのは山々なんだ。

出来れば仮病を使って休みたいけど、うちの担任は誤魔化しが利かない人間だからな……。

憂鬱な気分で教室に入ると、やる気満々な連中が既に体操服に着替えて騒いでいた。

俺はそんな奴らを避けるように、こっそりと自分の席へと向かう。

すると、その最中、一人の生徒と目が合った。

普段であったら気にせずに通り過ぎていたはず。

なのに今日に限って目が行ったのは、それが名雪さんだったからだ。

彼女は教室の隅で窓の外をぼんやりと見つめていたが、俺のことに気付いて目を向けてきたのだ。

「あ……ユー……ノ……」

俺は思わず「ユーノ、おはよう」と言いかけて口を噤んだ。

ゲーム内の感覚で接してしまいそうになって焦ったのだ。

周囲の人間からしたら、全く接点が無かった二人が急に下の名前を呼び捨てにして仲良くし始めたら、何かあったのではないかと勘繰るだろう。

彼女も彼女で、俺と目が合うなり顔を赤くして俯いてしまった。

なんだろ……。

ゲーム内の積極的な彼女とのギャップが凄い。

昨晩までずっと一緒にプレイしていたから尚更、同じ人物なのかと思ってしまう。

ともかく変な感じになってしまったので、俺はそのまま自分の席に着いた。

すると、椅子に座ると同時にスマホに着信があった。

メッセージアプリのようだが……俺にそんなのを寄越すのは広告くらいなもんだ。

だから、なんとはなしに確認してみたのだが……そこにあったのは、

ユーノ『おはよ』

という一文だった。

「……！」

俺は驚いて一番後ろの席に座る彼女に目を向ける。

すると名雪さんは、俺のことをチラッと窺っただけで、再び恥ずかしそうに俯いてしまった。

そういえば、彼女とアドレス交換したのを忘れてた！

友達がいないから、そもそもこのアプリを使う機会がほとんどない俺は、慣れない手付きで返信する。

ユウト『さっきはごめん、おはよう』

こんな近い場所で……直接話せばいいのに俺達は何をやっているのだろう？

そう思ってしまうが、よく考えたら名雪さんは普段から全く喋(しゃべ)らないので、実はこの方法が最適なのかもしれない。

彼女にとってはネットワークの中が居心地の良い場所なのだと思う。

そんなことを思っていると、すぐに返信が。

ユーノ『今日の球技大会、ユウトはサッカー？』

ユウト『ああ、そうだけど。よく知ってるね』
ユーノ『種目決めの時、見てたから』
見てた……って、その時は俺達の間に何の関係も無かったのに、よく覚えてるな……。
ユーノ『頑張って。応援してる』
ユウト『応援って……俺、そういうのあんまり得意じゃないんだけど……』
ユーノ『大丈夫。ユウトなら出来る。だって、魔法が使える』
「魔法……」
彼女にそう言われてハッとなった。
そうか！　ステータスがリアルと同期(シンクロ)している今の俺なら、球技大会くらい何とかなるかもしれない。
魔法はさすがに派手すぎてヤバイけど、スキルだったら試合中に使えそうだ。
ユウト『なんだか、やれそうな気がしてきた』
ユーノ『その調子』
彼女に励まされると、考えている以上に力が湧いてくる気がした。

†　†　†

球技大会は種目ごとにクラス対抗のトーナメント形式で行われる。

俺が出場するサッカーだが……、
うちのクラス、一年二組は初戦、一組との対戦になる。

開会式を終えると、すぐに試合会場となるグラウンドへと出た。

既にラインが引かれていて、準備万端といった具合。

いつでも始められる状態だ。

そこで早速、用意されていたボールで準備運動とばかりにリフティングを始めた生徒がいる。

うちのクラスの須田京也だ。

彼は陽キャグループの中でも中心的な存在で、誰にでも積極的に話しかけるし、女子とも仲が良い。

運動神経も抜群で、中学の時はサッカー部でエースストライカー。高校に入ってからも一年生でありながら既にレギュラーらしい。

それに加え、勉強の方も優秀ときている。

天は二物を与えずと言うが、彼は二物も三物も与えられてしまったような人間だった。

ただ、そんな完璧な彼にも一つだけ難点がある。

性格が悪いのだ。

とはいえ、普段から性格の悪さを表に出していては、人は離れて行くばかりでクラスの中心にはなれない。

だから彼は見えない所で、周到に人を選んで対応を変えているのだ。

他の皆には彼の性格の悪さはバレていないようだが、俺は知っている。

俺のような目立たない奴に対しては、ぞんざいな対応をしてくるからだ。

どうせ何も言えやしないと思っているからこそ、そうしてくるのだろう。

今も女子達がキャーキャー言いながら、彼の華麗なリフティングを見守っている。

「おお！　京也、すっげーじゃん。さすがエースストライカー」

「馬鹿、止めろよ。こんなのサッカー部なら、全員出来るさ」

「マジかよ！　サッカー部、パネぇな」

クラスの男子生徒とそんな会話をしているのが聞こえてくる。

わざとやってる癖に何言ってんだか……。

やれやれとばかりに溜息を吐いたのが聞こえたのか、京也が俺の方を一瞥してきた。

それは蔑むような視線だった。

はいはい、俺は後ろの方で大人しくしてるよ。

そんな言葉を表情で返していると、審判役の生徒が声を上げた。

「おーい、そろそろ第一試合を始めるぞー」

その合図でチームメイトがぞろぞろと動き出す。

俺もゴール付近に向かって移動を始めた。

俺に与えられたポジションはディフェンダー。

ゴール前でボールが入らないように守る役割らしい。

本当はもっと細やかなプレイが求められるのだろうけど、そんなにサッカーに詳しい訳ではないので、それくらいの事しか分からない。

ともかく、チームに迷惑だけは掛けないようにしよう。

そう思いながら、後方からフィールド全体を見渡す。

皆、自分のポジションに付いていて、試合開始のホイッスルを待つのみの状態だ。

そんな最中、フェンス際の木陰に人の気配を感じた。

目を向けると、そこには見知った顔が。

名雪さんだ。

木の陰から半身を覗かせて俺のことを見ている。

あんな所で何してんだ……？

俺が訝(いぶか)しげな視線を送ると、彼女は拳を小さく握り、唇を引き結んで応えた。

どうやら、「頑張れ」と言ってくれているらしい。

それは、ありがたいけど……、

そこにいて、名雪さんは自分が出場する試合は大丈夫なのか？
彼女の心配をしていると、不意に試合開始のホイッスルが鳴り響いた。
おっと、いけない。
こっちに集中しないと。
とはいえ、こっちにはサッカー部のエースがいるんだ。
そう簡単には攻められないだろう。
そんなふうに高を括っていた矢先だった。
相手側のチームがキックオフ早々、速攻をかけてきたのだ。
あれよあれよと言う間に、パスとドリブルでゴール前まで切り込まれる。
ボールを持った相手は、もう俺の目の前だった。
やばっ……なんとかしないと！
こんな時の為にスキルを……と思っていたが、実際は使う暇も無い。
けど、ボールは止めないと！
そう思ったら、足が出ていた。
「なにっ⁉」
ボールを持っていた相手が驚きの表情を浮かべる。
ただ足を伸ばしただけなのに、ボールを奪っていたのだ。

あれ？　今の俺、何やった？

まるで自分じゃないくらい体が軽かったぞ……。

「くそっ！」

相手が取り返しに来るが、俺は小気味良い足捌き(あしさば)でボールを操り、回避する。

まるで俺の動きに相手が翻弄されているようだ。

これには京也を含め、チームメイトの皆も急に動きの良くなった俺に驚いているようだった。

スキルも使ってないのに、なんでこんな事が??

ドリブルしながら考えられるだけの理由を頭の中に並べてみる。

思い付くのは基本ステータスの数値だ。

レベル１の時のステータスが俺の標準値だとしたら、レベル６の今では数十倍の数値になっている。

器用と敏捷(びんしょう)の数値だけ取り出してみてもレベル１の時は確か——、
器用が5で、敏捷が3だった。

それがレベル６の今では器用１５９、敏捷１２４になっている。

現実にその数値が反映されるなら、それだけ見てもとんでもない事だ。

器用がこれまでの約32倍。

敏捷に至っては約41倍に跳ね上がっている訳だから、サッカーのボールくらい軽く考えても当然のような気がする。

しかも体が思うがままに動くので、非常にやり易い。

これなら、もしかして……。

行けそうな気がした俺は、一旦ボールを真上に蹴り上げる。

そして自由落下に従い、落ちてくるそれを真横から蹴った。

力のベクトルが変わったボールは、物凄い勢いで眼前にいた敵の頬を掠めて行く。

「っ!?」

引き攣った表情を見せる相手チーム。

その合間を抜けたボールは敵陣のゴール目掛けて一直線に飛ぶ。

そして、そのまま——ゴールネットに突き刺さった。

それは自陣最後方から叩き込む、超ロングのボレーシュートだった！

これには敵チームだけでなく、味方チームも口をあんぐりと開け、唖然としていた。

観戦していた女子達も声が出ずに固まっている。

ようやく現実を理解した審判がホイッスルを鳴らしたのは、少し遅れての事だった。

† † †

第一試合終了後、俺はクラスメイトに囲まれていた。

「神先、お前、すっげーじゃん！」

「あのシュート、尋常じゃねえよ」

「プロでも通用すんじゃないの？」

「馬鹿言え、あんなのプロでも出来ねえよ」

入学してから、まともに喋ったことも無いような奴(やつ)らが俺の周りではしゃいでいる。

そうなったのも――俺のプレイによって、うちのクラスが第一試合を勝利したからだった。

試合の結果は25対0。

とてもサッカーの試合とは思えない点差だ。

しかも、その得点のほとんどを俺一人で入れたので、こんな状況を作ってしまっていた。

試合を終えた後、我ながらやり過ぎたと反省した。

面白いようにゴールが決まるので、つい夢中になってしまったのだ。

次の試合は加減しないとな……。

「神先、どっかでサッカー習ってたのか？」

「いいや」

「上手すぎでしょ！　てか、なんで今まで隠してたんだよ」

「いや、別にそういう訳では……」

「謙遜かっけー！」

「……」

そんな感じで質問攻めに遭い、俺は戸惑っていた。

こんなふうにチヤホヤされるのは人生で初めての事だったからだ。

「そもそもさー、自陣最後方からゴールを狙えるなんて人間業じゃないんだけど」

「弾道もヤバかったしな」

「シュートも凄かったけど、ドリブルも半端なかったー。11人抜きとか、これが公式戦だったらギネスもんじゃね？」

「言えてる。学校の球技大会だったからっていうレベルじゃなかったし」

彼らの驚きは続く。

しかも、それは男子だけじゃなかった。

クラスの女子達も俺を取り囲み、声をかけてくる。

「神先君、格好良かったよー！」

「私もー！　あんなの見せられたらドキドキしちゃう」

「えー何それ？　それって告白？」

「なっ、何言ってんのよ、もうっ！　そんなんじゃないわよ！」

「でも、顔赤くなってるよー」

「あーホントだー」

そんなふうに黄色い声が俺の周りで上がる。

これにどう反応していいのか困惑していると、唐突に輪の外で声が上がった。

「もうそれくらいにしたら？　神先君が困ってるじゃない」

そう言ってきたのは学級委員長の綾野玲香だった。

全身から上品な雰囲気を醸し出し、整った顔立ちを持つ彼女は誰の目から見ても美少女と呼ばれるような存在だ。

近付き難い、お嬢様の空気さえ漂わせている。

そんな彼女は、男子の間でも人気が高い。

彼女に告白して断られた生徒はごまんといるらしいが、俺はそういう色恋事には疎いので詳しいことは知らない。

そんな彼女が分け入ってくると、まるでモーセの海割りのように人垣が裂けた。

「神先君も移動しましょ。次の試合が始まるわ。邪魔になってしまうでしょ？」

「あ、ああ……」

次は三組と四組の試合が始まる。

綾野さんの言う通り、フィールドの中で話し込んでいる訳にはいかない。

俺は彼女に促されるようにグラウンドの端に移動する。

それが切っ掛けで人集り(ひとだか)は一旦、解散。

次の試合の観戦や、自分達の出場種目に向かい始めた。

場に残ったのは何故(なぜ)か俺と綾野さんの二人だけだった。

ん……なんだ？　この状況は……。

俺は特に理由も無く、この場に残っただけだが……彼女はどうして俺の隣にいる⁇

わざわざ、傍(そば)で留(とど)まっている理由なんて無いはずなのに。

「綾野さん……自分の試合は？」

俺は思い切って聞いてみた。

すると彼女は表情一つ変えずに答える。

「終わったわ」

「あ、そう……」

会話も終わってしまったーっ！

しかし、この場に残っているということは次のサッカーの試合を観戦するつもりなのだろう。そうに違いない。

「次の試合を見るの？」

「興味ないわ」

「……」

益々、意味が分からなくなった！

もう率直に「なんでここにいるの？」って聞きたい。

でも言葉にトゲがあるような気がするので、もう少し遠回しに聞いた方がいいだろう。

「綾野さんは何に出……」

「バレーボールよ。３－０で圧勝だったわ」

全部言う前に答えた⁉

「そんな事より、神先君……」

「はい？」

綾野さんは急に俺の方に向き直る。

そして、その顔はどういう訳か、仄かに火照っているようにも見えた。

視線が合うと、彼女は慌てたように目を伏せてしまう。

「さ……最近、なんだか……雰囲気が変わった……？」

「え……」

確かに彼女の言う通り、雰囲気は変わったと思う。

ゲーム上のアバターに利いている美化補整が現実の俺にもかかっているようだし、身長や体格も弄ったので体付きも変わっているはずだから。

俺自身も朝、洗面台で鏡を見る度に驚いている。

青白かった肌は血色が良くなってるし、猫背だってピンと伸びているんだから。

しかし、そこをピンポイントで突っ込まれるとこちらも困ってしまう。

正直に答える訳にもいかないし。

これは適当に誤魔化すしかないだろうな……。

「あー……今更だけど、ちょっとオシャレに目覚めたっていうか……そんな感じ？」

「そ、そう……」

反応がいまいちだぞ……？

言い訳が苦しかったか⁇

「あ、あの……私……」

彼女はまだ何か聞きたいことがあるようだ。

だが、これ以上、俺のことを調べられると色々マズい。

ここは何か理由をつけて離れよう。

そう考えた時、木陰からこちらを見ている名雪さんの姿が視界に入ってきた。

「そうだ」

「え？」

「いや……ごめん、ちょっと用事があって」

「あ……」

俺はそう言い残すと、早足でその場を離れる。

これに対し、綾野さんは名残惜しそうな表情を浮かべていた。

俺はそのまま名雪さんの所へ向かったのだが……その際、背中に妙な視線を感じる。

なんだろう？　と思って、それとなく振り向くと、グラウンドの端からこちらを見つめている人物がいることに気が付く。

その視線の正体はサッカー部の京也だった。

彼の表情は遠くから見ても分かるくらい堅く、険しい。

あれって……どう見ても俺のことを睨んでるよな……？

そんな嫉妬めいた彼の視線が気になるのだった。

【第3章】なんもしてないのにレベルアップ

◆オンライン◆

ここはノインヴェルトの世界。

首都ディニスの郊外にある農村地帯だ。

麦畑が広がる、こののどかな場所で、俺はぼんやりと待っていた。

リアルでの球技大会一日目を終えた俺は、今晩もゲームでユーノと会う約束をしているのだ。

けれど、その約束の時間までは、まだ早い。

「まだ一時間くらいあるな……」

試しにコンソール上でフレンドリストを確認すると、ユーノの名前がグレーの文字で沈黙しているのが分かる。それはオフライン状態を示していた。

「時間まで近場を探索してみるか」

彼女とは前回のプレイ時にフレンド登録をしておいたので、ログインするとすぐに通知がくる。なので待ち合わせ場所を離れても近くなら問題は無いだろう。

そんな訳で、俺は麦畑の向こうに見える丘陵地帯に行ってみることにした。

なだらかな丘が続く緑の大地は、歩きながら眺めているだけでも気持ちが良い。

傍に小川が流れていたり、畔に生える色とりどりの花々には蝶が舞っていたりした。

そんな光景を見ていると、現実の過去で荒んだ心が癒えて行く気がする。

「この辺はまだ来たことないなー。何か手頃なモンスターでもいたら嬉しいけど……」

そう思いながら、周囲を見渡してみる。

すると、丘と丘の合間に不自然に盛り上がった岩場を発見した。

気になって近付いてみると、それは岩ではなく、人工的に造られたような石造りの建物で、入口から地下に向かって階段が伸びているのが分かった。

それは深い闇へと続いていて、先は見えない。

「なんだこれ……祠か？」

このゲームでは、こういった祠がエリア各地に点在していて、中にはダンジョンが広がっており、結構レアなアイテムが隠されていたりすることが多いらしい。

恐らく、これもその祠の一つなのだろう。

「それにしても……」

俺は周囲を見回す。

こんなに開けた場所で、見つけやすい場所にあるというのに、他のプレイヤーの姿が全く見えない。

人気の無い祠なのか？　あんまり良いアイテムが出ないとか？

でもそういうことなら、ダンジョン自体の難易度も低い可能性があるな。

レアアイテムの価値が高いほど、難易度が高くなるのが定石だろうし。

「ちょっとだけ、覗いてみるか……」

ヤバそうだったらすぐ戻ればいいし。

そんな訳で、俺は好奇心から祠に足を踏み入れた。

階段は真っ直ぐに地下に向かって続いている。

特に分かれ道などは無く、突き当たりには一つの鉄扉があるだけ。

中は当然、複雑な迷路になっていると思っていたから、なんとも拍子抜けした構造だ。

それでも、あの鉄扉の向こう側にはダンジョンらしいダンジョンが広がっているのだろうと期待して、その扉を開けた。

すると――、

「な……んだここは⁉」

俺は扉を開けるなり絶句した。

鉄扉の向こう側には、とても地下とは思えない広大な空間が広がっていたのだ。

眼下には赤みを帯びた黒い山脈が地平の彼方まで連なっており、見上げれば暗雲が漂う空まで存在していた。

しかもその空には、雲間から逆さまに建つ、黒い古城の姿があった。

この禍々しいまでの光景を例えるなら、ラスボスが待ち構える魔王城の雰囲気そのものだった。

「もしかして……俺、間違った？」

これって……周りに他のプレイヤーの姿が見えなかったのは、人気が無いからじゃなくて、難易度が高すぎて誰も挑む者がいなかったってことじゃ？

いくら俺のステータスがぶっ壊れ性能だからって、これに挑むのは早過ぎだと思う。

となると、長居は無用だ。

そう思い、慌てて退散しようとした、その矢先だった。

ジリ……ジリジリッ……

「？」

何か電気的なものがスパークするような音が耳に入ってくる。

音は目の前に広がる景色から聞こえてきているようだ。

違和感を覚えて、景色によくよく目を凝らしてみると、その音の正体が見えてくる。

「あれは……」

所々にノイズの破片が蠢いていて、せっかくの壮大な景色に綻びが現れ始めていたのだ。

それを見てしまうと、こんなにもリアルなのに、この世界が作り物だと認識せざるを得なくなる。

バグが残ったまま放置されているんだろうか？

こういうのがあると興醒めしちゃうから、ちゃんと直してからリリースして欲しいよなー。

「それにしても、なんなんだ？　この場所は……」

「デフラグ領域だよ」

「うわあっ!?」

なんとなく口に出して呟いた言葉に返答があったので、びっくりしてしまった。

見れば、いつの間にか俺の真横に一人の少年が立っていた。

青白い髪に、幼い顔立ち。年齢にしたら十二、三歳くらいの容姿だが、オンラインゲームという特質上、外見では中の人は判断出来ない。

白いフードマントに身を包んだ彼の姿は一見すると賢者の装備のようにも見える。

しかし、賢者は最上位職だ。さすがにそこまでレベルを上げているプレイヤーはまだいないだろう。

恐らく聖職者系のジョブかと思われる。

にしても、いつからそこにいたのだろうか？　全く気が付かなかったぞ……。

それはともかくとしてだ……彼はこの場所について知っているようだ。

「……デフラグ領域？」

「うん、断片化してしまったデータを自動で最適化している場所さ」

彼は穏やかな表情でそう教えてくれた。

「ってことは、やっぱり目の前のこれはバグ？」

「まあ、広義に捉えればそうとも言えるね。ゲームとして成り立っていない箇所を修復している訳だから」

そこまで聞いて疑問が湧いてくる。

「なるほど……って、君はどうしてそれを？」

「見たまんまだよ」

言いながら彼は、とある一点を指差した。

誰もが一見しただけでは見逃してしまうだろう。そこには宙に浮かぶ光の点、カーソルが点滅していた。

何も無いように見えたが、どうやら目の前に広がる景色と隔てるように薄い膜のようなものが存在しているらしい。

彼が「見たまんま」と言うので、俺はその前まで移動してカーソルを指先でタップしてみた。

途端、目の前にウインドウが広がる。

『デフラグメンテーションを実行中。プレイヤーはこれより先のエリアに干渉出来ません』

そんなシステムメッセージが表示された。

なるほど、彼の言う通りだ。

端的に言えば、この先のエリアは工事中で入れませんってこと。

それならそうと、もっと分かり易く提示してくれればいいのに……。

そんな事を思っていると、ウインドウ上に変化が。

『当該エリアへのアクセス権利者を検出中……』

権利者？　何のことだろう？

そのまま見守っていると、すぐに表示が切り替わる。

『検出完了、同期者(シンクロナイザー)はアクセスコードを入力して下さい。　※※※※※※※※※』

「これは……」

同期者（シンクロナイザー）って何だ？

まさか……同期（シンクロ）って……。

俺の心がざわつく。

このゲームをやっていて、その単語が出てきたのは俺が最初にノインヴェルトを起動した時だ。

他にそれっぽいもので思い当たるものは無い。

俺が今置かれている状況に、この場所が何か関係しているのか？

メッセージの下部には九桁のアクセスコードを入力する為（ため）のカーソルが点滅している。

このコードが分かれば、もしかしたら俺の身に起きている現象の説明が付くかもしれない。

しかし、このアクセスコードってのは、どうやって探し当てればいいんだ……？

皆目見当が付かない。

ん……そういえば、彼が何か知ってるかもしれないな。

そう思って少年の方へ振り向く。

「ねえ、このアクセスコード……って、あれ⁇」

顔を向けると、既に彼の姿は無かった。

さっきまでいたのに……いつの間にいなくなったんだ？

現れた時も気配を全く感じなかったし……とにかく不思議な感じのする少年だった。

† † †

デフラグ領域を出た俺は、再び麦畑に戻って来ていた。

ユーノとの約束の時間だからだ。

ログイン通知もあったので、そろそろここにやって来ると思う。

そう思っていた矢先、麦畑の向こう側から走ってくる人影が見えた。ユーノだ。

「ごめん、待ったー？」

「ううん、全然」

本当は祠を探索してたんだけど、それはまあ、俺が早く来すぎたせいなので。

俺達は金色の穂が風になびく畦道に、並んで腰掛ける。

そこで彼女は俺と顔を合わせるなり、満面の笑みでこう言ってきた。

「今日のユウト、格好良かったね！」

それは学校で行われた球技大会のことだ。

「ユーノまで、クラスのみんなみたいな事を言うなよ。なんだか、むず痒いし」

「だって本当のことだもん。みんなも驚いてたよ」

「それも全てこのゲームの力みたいなもんだけどな」

　自嘲めいたことを口にすると彼女は首を横に振る。

「そんなことないよ。その力はユウトだからこそ神様が与えてくれた、ユウト自身の力だよ。だって、他にそんな事出来る人、見たこと無いし」

「……」

　確かにそんな事が出来る奴がホイホイいたら、とんでもない世の中になっちゃうしな。

「誇っていいと思うよ」

「いやいや、誇っちゃマズいだろ。こんな力が使えることがバレたらテレビやら、その他のマスコミやら、世間が黙っちゃいない」

「じゃあテレビが駄目なら動画配信でいいんじゃない？」

「へ？」

「『魔法で不良の頭、燃やしてみた！』とかやったら再生数、爆上がりだよ？」

「さらりと恐ろしいこと言ったな⁉」

　時々、とんでもない事を言うよな……この子。

　リアルの名雪さんからは想像も付かない発言だ。

「あとは『スキルで千円ガチャの闇を暴いてみた！』とかは？　透視スキルとかで」

「そういうのはいいから！　あと、透視スキルは持ってないから！」

何故に動画ネタに片寄り始めた⁉

「まあ……ともかく、せっかく手に入れた力だ。自分の首を絞めない程度に有効活用させてもらうよ」

「そうだね」

彼女はニッコリ笑って肯定だけしてくれた。

「それはそうとユーノの方はどうだったのさ」

「何の話？」

「球技大会。何に出場してたんだ？」

「ああ……」

彼女は浮かない声を漏らした。

そういえば名雪さんが運動をしている姿が全然想像出来ないんだが……。

「私はドッジボール」

「ほう」

意外だな。

ていうか、どの種目でも意外だが。

「で、結果は？」

「負けた……と思う」

「思う？」

すると彼女は恥ずかしそうに頰を染めて俯いた。

「私……試合開始早々、顔面にボール直撃で保健室行きだったから……」

「ああ……なるほど……」

そこは想像通りの彼女だった。

ちなみに怪我は大したことなかったそうだ。

しかし、彼女は今の話で意気消沈してしまった様子。

なんだか余計なことを聞いてしまったかな？

話題を変えよう。

そう思った時、ふと先ほど体験した不思議な空間のことを思い出す。

「そういえば俺、おかしなエリアを発見したんだ」

「おかしなエリア⁇」

「デフラグ領域って言うらしいんだけど……」

「⁇」

ユーノは頭の上にハテナをたくさん浮かべていた。

まあ、それだけじゃ何のこっちゃって感じだろうな。

「とにかく、一緒に見てもらえるかな？」

「それは別に構わないけど……」

ユーノにも確認してもらいたかったのは、彼女が俺の同期能力（シンクロ）を知っている唯一の存在だったからだ。

そんな訳で俺はユーノを連れて、先ほどの丘陵地帯へと向かった——のだが……。

「あれ……？　ここにあったはずなんだけど……」

ほんの数分前に俺が潜ったデフラグ領域への入口。

それが綺麗（きれい）さっぱり無くなっていたのだ。

マップにもちゃんとマーカーを立てておいたから場所は間違っていない。

じゃあ、何で？

デフラグが完了して消滅してしまった？

いや、それなら尚更（なおさら）、完璧な形でそこに存在しているはずだ。

「うーん……」

訳が分からず悩んでいると、ユーノが心配そうにこちらを見ているのが分かった。

「ごめん、ごめん。気のせいだったみたいだ」

「ううん、気にしないで」

本当は気のせいなんかじゃないんだけど、実際にモノが無いのだからどうにもならない。

あれは一体、なんだったのだろう？

と……いつまでも気にしている訳にもいかないか。

無駄足を踏ませてしまったお詫びと言ってはなんだけど……。

「何かクエストでも受けに行かない？」

「え……あっ、うん！　いいね！」

唐突な提案に彼女は一瞬きょとんとしていたが、すぐに笑みを浮かべる。

「じゃあ一旦、町へ戻ろう」

「了解」

クエストはＮＰＣに話しかけることで発生するものもあるが、冒険者ギルドで受けられるものの方が確実で手っ取り早い。

ギルドは各町に必ずと言っていいほどあるので必然的にそういう選択になった。

「と、その前にアイテムだけ整理させて」

「いいよ」

先日のイビルバット狩りで大量のアイテムがドロップしていた。

それをそのままにしてログアウトしてしまったものだから、アイテムボックスの中がグチャグチャだ。

どうせ町へ行くなら、いらない物は売っておきたいし、今のうちに整理しておこうと思ったのだ。
そんな訳でコンソール画面を開く。
すると、

『パラッパッパッパー』

「!?」

突然、レベルアップ時のファンファーレが鳴り響いた。
なんでこんな時に!?
この音は、一般的にはモンスターを倒した直後に鳴るものだ。
こんな何もしていない時に鳴るだろうか?。
状況を確かめる為、ステータス画面を開いてみる。

【ステータス】
名前：ユウト　ＬＶ：７　種族：ヒューマン　職業：魔法使い（ウイザード）
ＨＰ：３７０／３７０　ＭＰ：５６０／５６０
物理攻撃：２１０　物理防御：２２５

魔法攻撃：480　魔法防御：405
敏捷（びんしょう）：239　器用：257　知力：364

【魔法】
ファイア〈火属性〉　Lv.5　UP！
クロスファイア〈火属性　全体攻撃〉　Lv.2　UP！
ヘルファイア〈火属性　全体攻撃〉　Lv.1　NEW！
アイススピア〈氷属性〉　Lv.1
サンダー〈雷属性〉　Lv.1
ロックバイト〈土属性〉　Lv.1　NEW！
アースクエイク〈土属性　全体攻撃〉　Lv.1　NEW！

【スキル】
鈍化（スロウ）　Lv.2
駿足（スイフト）　Lv.1
不可視（インビジブル）　Lv.1　NEW！
隠密（スニーク）　Lv.1　NEW！

速読魔（ファストスペル） Lv.2 UP！

音だけじゃなく、確かにレベルアップしてるぞ……。

しかも魔法やスキルもめちゃくちゃ増えてる！

前回、ログアウトした時はレベル6だったはず。

それから一匹もモンスターを狩ってないのに勝手にレベルが上がっているとは……どういう事だ⁇

「ん？　どうしたの⁇」

ステータスを見ながら呆然（ぼうぜん）としている俺にユーノが尋ねてきた。

「いや……コンソールを開いただけなのにレベルアップしたんだ……」

「そう言えば今、レベルアップのエフェクトが出てたね。得したね！」

「そういうもんでもないだろ。なんかこう……理由が分からないとモヤモヤするじゃん？」

「うーん、理由ねえ……」

ユーノは顎に人差し指を当てて考える。

「私と会う前に何か狩ってたとか？」

「いや、何も」

今日ログインしてから、やった事と言えば、あのデフラグ領域に行ったことだけだ。

あのバグっぽい空間の近くにいたからステータスがおかしくなった⁇

いや、結局あの空間に干渉出来なかったし、それは考え難い。

「そもそも狩りとか以前に今、レベルアップすること自体がおかしいんだよ」

「確かに。じゃあ前回の狩りでレベルアップしてたんだけど、何かのバグでステータスへの反映が遅れてたとか」

「可能性として無くはないけど、プレイ中、結構頻繁にステータスは確認してたし、ログアウトする時も経験値におかしな所はなかったぞ」

「じゃあログアウトした後に何かあったとしか思えないね」

「何かって何？」

「ユウトが家にいない間に、誰かがこっそりプレイしてレベ上げしてたとか」

「それも無いな。パスワードかけてあるから俺以外プレイ出来ないし」

そもそも、そんな事があったら恐いわ！

「それじゃあ……ユウトに夢遊病の気があって、寝ている間にプレイしてた。これが一番有力！」

「なんでそれが一番可能性高いんだよ⁉　もしそうだったとしても器用すぎだろ。有り得ん」

「うーん……それも違うとなるとなんだろう？」

ユーノは本気で悩み始めていた。

俺も今一度、考えてみる。

ユーノがさっき言ってたステータスへの経験値反映の遅延っていうのは、大容量のデータを扱うVRゲームでは可能性はゼロじゃない。

でもそれは技術的に問題のある場合であって、直ちに改善すべきことだ。

そんな事が頻繁に起きていたらゲームにならないし、大体そういうゲームはバグだらけで過疎が進み、早々にサービス終了ってオチがほとんどだ。

となると、ユーノが言ってたようにレベルアップの要因は昨晩ログアウトした後から今晩のログインまでの間にあるってことなのか？

そこで考えられるのは……。

「ん……」

俺の脳裏に昼間の球技大会での出来事が思い起こされる。

もしかして……ステータスがリアルと同期(シンクロ)っていうのは……まさか、そういう事でもあるのか？

俺はサッカーの試合に於(お)いて一人で23点を上げ、チームを勝利に導いた。

その勝利にも経験値が入るとしたら……？

……有り得るな。

思い起こせば、不良達を撃退した時もそうだった。

あの後、すぐにゲーム内で狩りをしたが、イビルバットを一匹倒しただけでレベルがアップした。

それは丁度、不良達を撃退してレベルアップ寸前まで経験値が貯まっていたからじゃないだろうか？

それ以降はゲーム内で普通に経験値が累積されていくだけだったから、可能性としては高い。

このタイミングでレベルアップしたのは、リアルでの経験値が今反映されたということだろう。

その仕組みまではさすがに分からないが、現実世界の出来事をデータ化するとしたら相当な容量になると思うし、遅延が起きてもおかしくはない。あくまで推測でしかないけど。

でも、もしそうなら、とんでもない事だぞ。

リアルで経験値を貯め、ゲームで魔法やスキルを手に入れる。

その力を使って、再びリアルで経験値を稼ぐ。

もちろん、ゲーム内だけでも経験値を貯めてレベルアップが出来る——。

無限に強くなって行くイメージしか湧かないぞ！

ただ、リアルで経験値を得る為の勝利条件が曖昧だな。

モンスターなら倒すことで経験値が入るけど、リアルでは必ずしも人を倒す必要はなさそうだ。

サッカーはチームでの勝利だったし、不良は撃退しただけでモンスターみたいに殺してしまった訳じゃない。

その辺の条件も含めて、本当にリアルでも経験値が入るのか実際に検証する必要がありそうだ。

「原因が分かった気がする」

「えっ、何？」

「まだ憶測に過ぎないんだが……」

そこで俺は、今考えていた事をユーノに話した。

「それが本当だったら凄いね！　ノインヴェルトの上位ランカーに入れそう！」

「そっちの期待か！」

彼女の価値観はゲームが中心らしい。

確かにノインヴェルトでも強くなれそうだけど、リアルでは常識外れの強さになれそうだ。

「そういう訳だから、本当にリアルの経験値が入るのかどうか検証してみようと思うんだけど、それに協力してもらえないかな？」

「うん、いいよ。でも、どうやって検証するの？」

「まずは明日の球技大会二日目だな。それを今日みたいに勝利したらどうなるか？　それが一番分かり易いと思う」

「なるほど。でも、それだと私の出番ないよ？」

「他にもどういった事で経験値が入るか確かめる必要があるから、ユーノにはそっちをお願いしたいんだ」

「ふむふむ」

「例えば、今俺が使える魔法やスキルをリアルに活用出来るアイデアを出してもらいたい」

「おー、そういうことね」

そこで俺は現在使用出来る魔法とスキルの内容を彼女に伝えた。

それと今回のレベルアップで増えた新しい魔法についても同様に。

ちなみに、その詳細は以下だ。

【ヘルファイア】〈火属性　全体攻撃〉
クロスファイア系の上位魔法。同種のモンスターを一気に焼き払う地獄の炎を放つ。燃え続ける炎によって継続ダメージあり。

【ロックバイト】〈土属性〉
大地を割って現れる巨岩の牙が対象を食い破り、ダメージを与える。
僅かだが拘束(バインド)効果あり。

【アースクエイク】〈土属性　全体攻撃〉
大地を揺るがすことによって対象にダメージを与える。
一定時間、対象を行動不能にする効果あり。

どれもゲームを進める上で役立ちそうなものばかりだが……。

「魔法はリアルで使うと目立つから今回はおいといて、スキルを中心に見て行こう」

彼女は以前からある鈍化(スロウ)と駿足(スイフト)、そして速読魔(ファストスペル)は知ってるから、今回新しく増えた不可視(インビジブル)と隠密(スニーク)の詳細を伝える。


【不可視(インビジブル)】

一定時間、姿を透明化し、敵に発見されなくする。

但し、音感知能力が高い敵には無効。

読んで字の如く、そのまんまの能力だな。

ゲーム内では戦いたくないモンスターが進路上にいた場合、これを使えば回避出来そうだ。

「これをリアルで使うとするなら、どんな方法があるだろう？」

「やっぱり覗きかな？」

「ぶふっ!?」

彼女の口から思いも寄らない言葉が出たので噎せてしまった。

「覗きって……それはヤバいだろ！　しかもそれ、経験値入らなそうじゃん」

「そう？　こんな感じにならない？」

『ユウトはユーノの着替えを覗いた。歓喜した。一万ポイントの経験値を得た！』

「ほら」

「ほら、じゃねえよ！　おかしいだろ」

しかも、なんで自分の着替えを覗かせた!?

「そうかなー……良いアイデアだと思うんだけど」

「……」

確かに——、

覗いた　↓　見えた　↓　大勝利！

とも言えなくもないけど……それはやっちゃいけないと俺の良心が叫んでいる。

「とりあえず不可視(インビジブル)はおいといて……こっちはどうだろ」

【隠密(スニーク)】

一定時間、気配を消して行動することが出来る。

音感知能力が高い敵に有効。不可視(インビジブル)と併用可。

これは特定のモンスター以外には、あんまり出番は無さそうなスキルだな。

ゲームではそうだけど、リアルでは忍者みたいに行動出来そうだ。

「うん、これもやっぱり覗きだね」

「うおい!?　いい加減、そこから離れろって」

「えー、だって不可視(インビジブル)と併用出来るなら、完全犯罪も可能でしょ？」

「今、犯罪って言った!?」

段々、ユーノ……というか名雪さんのイメージがおかしな事になり始めている気がするぞ……。

その後も色々話し合ったけど、使えそうなアイデアは彼女の口からは出てこなかった。

そんなこんなで気が付けば夜半過ぎ。

結局、クエストにも行けなかったけど、明日も球技大会があるので、さすがにそれ以上は……というので名残惜しいけどお開きになった。

「じゃあ、また明日。学校で」

「うん、じゃあねー」

俺は彼女が消えるのを見送ってコンソール上にあるログアウトボタンに指先を伸ばす。

「おっと……その前に、あれだけは確認しておかないとな」

検証の為に現在の累積経験値を覚えておかないといけない。

俺はステータス画面に戻り、経験値を確認する。

【Exp　725】

それが現在の累積経験値。

これが明日の球技大会を終えた後、変化するのか、しないのか？

それを確かめようと思う。

明くる日の晩、ノインヴェルトにログインしてみると――、

† † †

【Exp 1110】

経験値が増えてた！

やはり、俺が考えていた通りの結果が出た。

リアルでの出来事が経験値に加算されるのだ。

今日の球技大会で、うちのクラスは見事、優勝した。

それもほぼ俺一人で稼ぎ出した点数での勝利だ。

ゲームと同じ能力を持ち合わせているのだから負けるなんてことは考え難い（にく）が、あんまりやり過ぎると人間離れした感じになってしまうので、今回はかなり力をセーブした。

結果、6対0とかいう、それっぽい点数で終わらせることが出来ていた。

それでもやはり、試合中のプレイは派手に映ってしまうようで、大会終了後もクラスのみんなが寄って集（たか）って持てはやす状況が出来上がっていた。

それにしても力を加減出来るのは大きな収穫だった。

恐らく魔法も同じ要領で調節が利くはず。

そうなるとだいぶ使い勝手が良くなってくる。

それはそうと、経験値だ。

昨晩、記憶しておいた累積経験値は７２５だった。

今日ログインして真っ先に確認した累積経験値は１１１０。

ということは、３８５増えていることになる。

これを今日の試合の得点に照らし合わせてみる。

総得点数６の内、１点は京也が入れたものだ。なので俺のシュートで得た点は５点。

そこから計算すると１点当たり、経験値77ｐｔってことになる。

スライムを一匹倒して２～３ｐｔの経験値。

イビルバットで７～10ｐｔの経験値だから、それと比べるとかなり多い。

まあ、得点数ではなくて試合に勝利したことによる経験値ってことも考えられるので、単純に得点数で割っただけ……ってことではないかもしれないけど、とりあえず一つの可能性として頭に置いておく。

それにしてもサッカーの試合に勝利しただけで３８５ポイントも入るなら、レベル上げとしてはかなり効率が良さそうだ。

だが、普段からそうそう試合がある訳でもないので、モンスターよりも遭遇率が低いのが難点。

他にもリアルで経験値を得られる事柄があるかもしれないが、どれがその条件に当てはまるのかは今のところ不確かだ。

となると地道にゲーム内で稼いだ方が確実かもしれない。

という訳で、リアルで経験値が入ることが分かったが……今回はレベルアップには至らなかったようだ。

レベル8になるには、もうちょっと必要らしい。

「それじゃ、今日もコツコツとレベ上げして行こうか」

「そうだね」

町中で既に落ち合っているユーノとそんな会話を交わす。

「昨日出来なかったクエストでもやる？」

「あ、はいはい！　それなら私、一つやりたいクエがあるんだー」

ユーノはエルフ耳をピコピコさせながら手を挙げた。

「何？」

「スキルパレット増加クエ！」

「ああ、あれか」

俺もそのクエストの情報は知っている。

スキルパレットとは、スキルをセットする為の枠のこと。

このゲームでは、スキルをただ覚えただけでは使うことが出来ない。

スキルパレットにセットすることで初めて使用することが出来るのだ。

しかし、このスキルパレット、ゲーム開始時には一枠しかない。

ちなみに今の俺は〝鈍化〟のスキルがセットされているが、これでは戦闘時にそのスキルしか使えない。

このままでは今後、冒険を続けて行く上で、なにかと不便だ。

パレットの数が多いに越したことはない。

そこでスキルパレット増加クエの出番という訳だ。

各国で受けられる専用のクエストを受注してクリアすることで、この枠が増えるのだ。

最大いくつまで増えるのかは、まだサービス開始間も無いので情報が開示されていないが、前作のアインズヴェルトをプレイした限りでは、十枠くらいまでは増えそうな予感がする。

序盤で枠を増やしておくと煩わしさからも解放されるし、今の内にやっておくのが得策だろう。

「いいね、それ行こう」

「やった、決まりだね」

ユーノは再び嬉しそうに耳を震わせた。

「で、そのクエはどこで受けるんだ？」

「初級の増加クエは冒険者ギルドにいるＮＰＣから受けられるよ。確か『格闘家の指南・序位』とかいう名前だった気がする」

「ほう、分かり易い場所で良かった。じゃあ行ってみようか」

「うん」

俺達はディニスの町中を駆け、冒険者ギルドへと向かった。

町の中心部である広場に到着すると、一際賑わう建物を見つける。

それがギルドだった。

早速、中に入ると噎せ返るような熱気に圧倒される。

ロビーは多くのプレイヤー達でごった返していたのだ。

みんなクエストを受けるだけじゃなく、ここでパーティを募集したり、商談をしたりしているので必然的に混み合うらしい。

まるで活気のある酒場のようだ。

だが、俺達が求めるクエストはギルドの受付にあるものじゃない。

ロビーの隅っこのテーブル席に座っている格闘家らしきＮＰＣ。

そいつに話しかけると目的のクエストが受注出来るらしい。

実際にその場所に行ってみると、恰幅の良い男が椅子に座って酒を飲んでいる姿があった。

「あの人だね」

「みたいだな」

俺達が近付くと、男はこちらに気付いて話しかけてくる。

「よお、兄ちゃん達。俺には分かるぜ？　強くなりたいって顔をしているのが」

「は、はあ……」

「なんだ？　覇気がねえなあ。さては俺の見間違いだったか？」

「いや、そんなことは」

「そうか、やる気があるなら、格闘を極めたこのガイナ様が手解きをしてやってもいいぜ？」

そんなふうに言ってくる彼の表情や仕草はＮＰＣとは思えないほどリアルだ。

一見しただけでは中身が人間である他のプレイヤーと区別が付かないくらい。

しゃべり方もとても自然で、受け答えもちゃんと出来ている。

それもノインヴェルトの売りの一つでもある超ＡＩの賜物だろう。

「どうするよ？　やるのか？　やらねえのか？」

ガイナはもどかしそうな表情で俺達の答えを待っている。

「やるよ」

「そうか、なら、まずはお前達の力量を測らせてもらおう」

「力量？」

「ここから西に行った森の中に洞窟がある。そこに巣くっているゴブリンを倒してきたら、俺の指南を受けられるだけの力があると認めてやってもいい」

そこまで話を聞くと、コンソール上に通知が。

新しいクエストが追加されたらしい。

【格闘家の指南・序位】
推奨レベル：5〜10
発生条件：レベル5以上
目標：エルダーゴブリンの討伐
達成条件：エルダーゴブリンの骨をガイナに渡す
報酬：スキルパレットの増加＋1

「おお、受けられたぞ。しかも、このクエを達成するだけでパレットが増えるんだな」

「そうだよ。これを達成した後に、この人から中位と極位のクエも受けられるから、それで合計三枠増えるの」

「なるほど、詳しいな」

「先行組の情報収集は欠かしてないからね！」

そういう所はさすがだな。

「何をごちゃごちゃ言ってる。分かったら、さっさと行ってこい」

「お、おう……」

NPCに促されるのも、なんか変な感じだ。

ともあれ、俺達はそのエルダーゴブリンがいるという洞窟に向かうことにした。

†　†　†

ユーノと共にやって来たのはディニスの西にあるハフネの森。

この辺りはレベル10～12程度のプレイヤーに最適なフィールドとなっている。

レベル10のユーノには適切な狩り場と言えるが、レベル7の俺にとっては本来なら少々ハードモードな場所だ。

しかし、レベルの割にはステータスが異常に高い俺は、推奨レベルに到達していなくてもモンスターを楽勝で狩ることが出来ていた。

「ヘルファイア！」

「ウギュァァァァッ……」

俺の放った火炎魔法によって、五匹のキラーラビットが一撃で消し炭になる。

ちなみにキラーラビットというのは名前の通りウサギ型のモンスターだが、見た目にウサギのような可愛さはなく、悪魔の如き形相をしている。

鋭い牙と、骨をも砕く後ろ足の攻撃が特徴で、体長も人間くらいデカイ。

そいつを全体魔法で一まとめに倒すと――、

【60ptの経験値を獲得　110Gを手に入れた！】

「よっしゃあ」

まとまった経験値が入ってきて結構美味しい。

本来なら一匹でも苦戦するモンスターなのに、俺のぶっ壊れステータスのお陰でサクサク狩れる。

クエストの目的地に向かう道中で、ついでだからと狩りをしながら進んでいたけど、これが結構良い感じの経験値稼ぎになっていた。

　しかもレベルアップを知らせるキラキラとしたエフェクトが辺りに舞い散る。

　これは俺じゃなくて、パーティを組んでいるユーノのものだ。

「わー！　レベルが上がったよ！」

「おめー」

「ありー」

　彼女は早速ステータス画面を開いて、内容を確認していた。

「わーい、速射スキルが増えてる」

　速射スキルか。

　確か射撃系武器の攻撃間隔を短縮するスキルだったと思う。

　手数が多くなる分、目標を以前よりも素早く倒すことが出来るはずだ。

「こんなにも早くレベルアップ出来るなんて、全部ユウトのお陰だよ」

「いやいや、どのみち俺もレベ上げしなくちゃならないんだし、一人でやろうが二人でやろうが一緒さ」

「そう？　でも……ユウトには私以外の人とパーティ組んで欲しくないな……」

　彼女は急にモジモジしながらそう言った。

「え？　何それ？　俺と組むと効率良くレベ上げ出来るから独占したいってこと？」

「む……そういう意味じゃなくて！」

彼女は唇を尖らせて、ムッとした表情を見せた。

そういう仕草は、ちょっと可愛いな、とか思ってしまう。

「冗談だよ。それはそうと、クエストのついでとはいえ結構狩れたから、お金も良い感じに貯まってきたな」

「だね。私なんか十万Gもあるよ」

「お、いいね。俺もそれくらい貯まってる」

このゲームを始めて以来、初めてまとまったお金が得られた気がする。

「どうだろう？　その金で、そろそろ装備一式揃えてみないか？」

現在の俺は初期配布装備のまま。

それはユーノも同じだった。

レベル的にも初心者を抜け出した所って感じだし、この辺りで装備を一新したいところ。

「賛成、私もそろそろ新しい装備を着てみたかったんだー」

「じゃあ決まりだな。エルダーゴブリンを倒したら、どのみち報告の為に町へ帰らなきゃだし、その時についでに買おう」

「うん、だね」

「そうと決まったら、サクッと倒してササッと帰ろう」

「おーっ」

目的がもう一つ決まって、洞窟へと向けた俺達の足取りも軽くなった時だった。

ガサガサッ

「ん？」

周囲の繁(しげ)みから三人の男が現れたのだ。

彼らは俺達を取り囲むと下卑た笑みを浮かべる。

「ふふふ……」

「うしし……」

「くくく……」

何だ？　こいつら……。

種族は全員、人間族(ヒューマン)。

だが、身に付けている装備からしてＮＰＣではない。

プレイヤーだ。

一人は銀のフルプレートアーマーを身に付け、もう一人は呪符を体中に張り付けたような黒いローブをまとっている。

そして最後の一人は、やたらデカいナックルグローブを嵌(は)めた筋肉質の男だった。

ステータスを覗(のぞ)き見てみると、彼らのジョブの内訳は騎士(ナイト)と呪術士(シャーマン)、そして僧兵(モンク)だった。

――二次職か……。

それらはクラスチェンジしないと就けない職業だ。

クラスチェンジはレベル15に到達しないと出来ない。

ということは、彼らは一次職をそこまで上げたということになる。

サービスを開始してまだそんなに経っていないというのに、そこまでということは、それなりにやり込んでいるプレイヤー達だ。

そんな彼らが俺達のような初心者組を取り囲む理由は何か――？

それは深く考えずともすぐに分かった。

――初心者狩りか。

彼らはニヤニヤしながら俺達のことを値踏みするように見回している。

どうやら、こちらのステータスを探っているらしい。

このゲームでは相手に許可を得ないと全てのステータスを閲覧することは出来ない仕様になっているが、名前とレベル、そして職業などの基本情報は誰でも見られるようになっている。

「レベル11の弓使いと、レベル7の魔法使いか。雑魚だな」

騎士の男は兜のバイザーを上げると、嘲笑を浮かべながらそう言った。

すると、仲間の呪術士が更に輪を掛けたように薄笑いを見せる。

「やっぱり、初期装備は美味しいな！」

「ははっ、言えてる」

二人は揃って冷笑した。

――やはり、こいつら初心者狩りだ。

丁度、俺達くらいのレベルの人間が狩りをしていそうな場所に張り込み、獲物がやって来たところでＰｖＰを仕掛ける。そういう手口だろう。

彼らのレベルは騎士（ナイト）が６、呪術士（シャーマン）と僧兵（モンク）が共に５。

レベルこそ俺達より低いが、そこは二次職だ。

一次職のステータスを引き継いでいるので、基本ステータスは一次職の同レベルより高い。

とはいえ、クラスチェンジすると再びレベル１からになるので、早くレベルを上げたいという衝動に駆られる。

そんな時、確実に格下だと分かり、少ないながらも経験値もそこそこ入り、運が良ければ金や良いアイテムが奪えたりする。そんな方法があったらどうだろう？

ステータスを覗けばレベルは分かるが、相手に通知が出てしまうので近付く前に警戒されてしまう。

そこで、このやり口だ。

俺達のレベル帯のプレイヤーは、ほとんどが初期装備に身を包んでいる。

そういった装備のプレイヤーだけを選んでＰｖＰを仕掛ければ、ほぼ返り討ちに遭う心配はない。

クラスチェンジしたばかりのプレイヤーが、二次職のレベルを安全に上げるには効率の良い方法と言えるだろう。

だが、こういった行為は大体に於いてプレイヤー達の間で嫌われる傾向にある。

敢えて悪役を貫き通すことが出来るのも仮想世界の醍醐味でもあるが、ここまで来ると迷惑行為と紙一重だ。

「そんな事より早くやらせてくれよぉ！　俺がエルフの方だからな！　女キャラが苦痛に顔を歪ませる姿が大好物なんだよぉぉ！」

僧兵の男が、巨体を震わせ苛立った様子を見せる。

「出た出た！　こいつのヤベぇ性癖が！」

呪術士が大袈裟に面白がる。

これにユーノは敏感に反応して、怯えた顔で俺の傍に身を寄せてきた。

「つーわけだから、申し訳ないが俺達の糧になって死んでくれ」

騎士が、そう言いながら剣を抜いた。

――まさか、こんな所でＰｖＰをやる羽目になるとはな……。

だが、レベルでは劣っているとはいえ、ステータスはこちらの方が勝っている可能性が高い。

なんとかなる……？

俺は持っていた杖を体の前で構えた。

「防御の構えだと？　ははっ、物理防御力が紙みたいな魔法使いが、騎士の攻撃に耐えられるわけがねえだろ！」

騎士は嘲弄すると剣を構え、そのまま俺に向かって斬り付けてくる。

次の瞬間、

ガキンッ

金属同士がぶつかり合うような音が鳴り響いた。

「な……んだと!?」

騎士は眼前で起きた出来事に瞠目していた。

身幅のある騎士の両手剣が、初期装備の繊弱な杖で受け止められていたからだ。

「馬鹿な……こんな事あるわけが……」

——思った通りだ、衝撃すら感じないぞ。

物理防御力225って、レベルにしたらどれくらいで到達するんだろうな。

二次職の騎士の攻撃を受けてダメージが通らない訳だから、奴の物理攻撃力より上ってことは確かだ。

じゃあ、こっちはどうだろう？

俺は杖を持っていない方の手で拳を握ると、すかさずそれを騎士(ナイト)の腹目掛けて叩(たた)き込んだ。

「あがぁぁぁっ⁉」

途端、騎士(ナイト)の体が後方に吹っ飛び、近くの木の幹にぶち当たる。

その直後、コンソール上に**【アーマーブレイク！】**の文字が浮かび上がった。

どうやら相手の装備を破壊してしまったらしい。

しかも騎士(ナイト)のＨＰは半分以上減っていて、気絶状態だ。

魔法を使わず、拳だけでそこまで追い込んでしまっていた。

――おいおい……曲がり形(なり)にも俺は魔法使い(ウィザード)だぞ……？　これなら格闘家と素手で渡り合えるんじゃないか……？

「す、素手で吹っ飛ばした⁉　な、ななな、なんだ……⁉　お、お前っ……本当に魔法使い(ウィザード)いか⁇」

目の前で起こった出来事に呪術士(シャーマン)は狼狽(うろた)えていた。

「レベルを偽ってる……⁇　いや、そんな事は有り得ねえ……。じゃあ、なんで……⁇」

彼はブツブツと独り言を呟いている。

だが、すぐに我に返り――、

「そうだ……物理攻防を上げる特殊なアイテムを使ったに違いない……。カタカタの実の亜種みたいなのもあるらしいしな……ならば――」

呪術士は顔を上げると、こちらに向かってニタリと笑ってみせた。

「俺の呪術で葬ってやろうじゃねえか！」

彼は杖を構えると、呪術の発動待ち状態（詠唱）に入った。

その長さから、かなり強力な魔法攻撃のようだ。

――それなら、こっちも……。

「鈍化！」

俺はスキルを使った。

途端、呪術士の詠唱速度が落ちる。

「な……これは……鈍化か……？　だが、この重さは……なんだ……!?」

俺が使ったのはレベル2の鈍化だ。

攻略サイトを調べて分かったのだが、通常の鈍化はレベル1で知力と敏捷が5％減少。

その後、レベルが上がるごとに1％刻みで増えていくらしい。

でも俺の場合、どういう訳か最初から10％の減少効果があって、レベル2で20％も下げることが出来るらしい。

恐ろしい上げ幅だ。

という訳で、彼の呪術が発動するまでには結構な猶予があるはず。

なら、今のうちだ。

俺は再び杖を構えると魔法を唱える。

「ヘルファイア！」

「……!?」

地面を這(は)うように噴き上がる紅蓮(ぐれん)の炎(ほのお)。

周囲にある森の緑が、一瞬にしてオレンジ色に染め上がる。

その光景に呪術士(シャーマン)は目を見張った。

「ヘルファイア……だと!?　それは大魔導師(ハイウィザード)でないと覚えられない魔法じゃ……ふぎゃあああああああっ!!」

彼は全てを言い切る前に、転がっていた騎士(ナイト)共々、消し炭になっていた。

——うわ……二次職相手でも、ここまで通用するのか……。やべえな……。

ともかく、これに懲りて初心者狩りなんていう行為は止(や)めてもらいたいものだ。

そんな事を考えていると、

「いやっ！　こないでっ！」

少し離れた場所からユーノの悲鳴が上がる。

見れば、僧兵の男が舌舐めずりをしながら彼女に襲いかかろうとしていた。

ユーノは必死に弓矢を番えて何度も放つが、相手に大したダメージは与えてはいないようだ。

そういえば、もう一人いたんだった。

他の二人をあんまりあっさり倒しちまったんで忘れてた。

すぐに奴の動きを止めないと。

「鈍化」

だが、そのスキルは発動しなかった。

「ん……あれ？」

コンソールをよく見ると、スキルゲージが10％くらいしか貯まっていない。

このゲーム、スキルを使うと次に使用出来るまでリキャストタイムが発生するのだ。

時間と共に回復して再使用出来るのだが、そんなのを悠長に待ってはいられない。

「しゃーない、ならこれで」

俺は杖を構え、魔法を放つ。

「アイススピア！」

眼前に氷の塊が発生し始め、細長く鋭利な槍の形を作る。

それが計三つ出来上がると、すぐさま放たれた。

ユーノに襲いかかろうとしている僧兵の背中に三本の氷槍が突き刺さる。

「ぐがっ⁉　な……んだ……⁇　う、うごけねえ……」

三分の一ほどのＨＰを削り、氷属性魔法の追加効果〝凍結〟で奴の動きが鈍くなる。

その隙にユーノは離脱し、距離を取る。

それを確認した俺は、奴に向かって追撃の魔法を放つ。

「これが、おかわりだ」

「……⁉」

杖の前で姿を覆うほどの大火球が形成されて行く。

しかし、これでもただのファイアだ。

「で……でけえ！　そんなの……レベル7が使う火力じゃねえぞ……‼」

驚愕する男に対して俺は小さく笑みを溢し、杖を軽く振る。

それで大火球は勢いを増して飛んだ。

「ひっ……⁉　ひぃいいいいいっ……！」

男は仰け反り、腰を抜かしていた。

叫び声が火球の中に呑み込まれて行く。

「そ、そんなぁ………ごふ……」

それで僧兵の姿は、目の前から消えて無くなっていた。

【128ptの経験値を獲得　1600Gを手に入れた！】


ついでに結構な経験値とお金も手に入ったようだ。

なんか、向こうから持参してくれたような感じになっちゃったな。

「大丈夫だったか？」

俺は未だ震えているユーノに話しかける。

相当、今の奴が恐かったのだろう。

しばらくの間、抜け殻のようになっていた彼女だったが、俺の存在に気が付くとハッとなって抱きついてきた。

「ユウトー！　恐かったよぉぉー……！」

「うおっ!?」

前にもあったけど、急にそういうことをされるとビックリしてしまう。

これも彼女イナイ歴＝年齢の性か。

「あ……あれはハラスメント行為として、運営に報告してもいいんじゃないかと思うぞ」

「だよね」

そのまま垢BANされてしまえば、もう二度と会うことはないだろう。

「じゃあ、俺が報告しとくよ」

「あ、ありがとう」

彼女は俺に抱きついたまま顔を見上げてくる。

涙目でありながらも、その安心したような笑顔を見ていると――、
やば……可愛(かわい)い。

なんて思ってしまった。

いや、これまでも充分可愛かったんだけど、ここに来て再認識。

「ユウトは優しいね。好きっ！」

「っ⁉」

ユーノはそう言って、更に強く俺のことを抱き締めてきた。

なんだこれ……？

今、〝好き〟って言った？

女の子から、そんなこと言われたのは人生で初めてだ。

でも勘違いしちゃいけない。この好きは、そういう好きじゃないんだから。

友達として好きとか、人間として好きとか、そういうレベルの話だ。

そもそも、こんなナチュラルな感じで告白とかしないし。

経験が無いから分からないけど……もっとこう、それなりの雰囲気ってものがあるはず

だ。

桜の木の下でとか、体育館の裏でとか……。

ゲームやアニメで得た知識しかないが、そういうものだろう。

いやー俺としたことが有り得ないことを想像してしまった。

ということなら、礼だけは言っておいた方がいいな。

「あ……ありがとう。そう言ってもらえると嬉しいよ」

「えっ！　それじゃあ、ＯＫなの⁉」

「ん？」

「恋人になってくれるの⁉」

間違ってたぁぁぁーっ！

「こ、恋人……って、俺と⁇」

「うん、そうだよ」

半信半疑で尋ねてみるが間違い無いようだ。

でも、あれか？

ノインヴェルトって結婚システムが実装されてたよな？

恋人って……もしかして、その事を言ってるのか？

「それってノインヴェルト上の……」

「違うよ」

速攻で否定された！

「な、なんで⁇　俺が人に好かれる要素なんて無いし……」

「そんなことないよ。ユウトはとっても魅力的な男の子だよ」

「……」

彼女は頰を染めながら続ける。

「好きになる理由なんてないって言うけど……これは理屈じゃないの。前に不良から助けてもらった時から、ユウトのことが心から離れないんだもん。この人と一緒にいたいって思う気持ちは嘘じゃないから……」

「……」

マジもんの告白だった。

「それにね……ユウトのことが気になってたのは今に始まったことじゃないんだ」

「え……どういうこと？」

それは思ってもみなかった発言だった。

「入学してすぐの事なんだけど、中庭をたまたま通ったらベンチにユウトが座ってて、スマホでアインズヴェルトの攻略サイトを閲覧してるのが見えちゃったんだ。その時からお友達になりたいなー……って思ってたんだけど……」

あー、あるある。

同じオタク趣味の奴に出会うとシンパシーを抱いて、すごく仲良くなれそうな気がしてくるよね。

同じ話題で盛り上がりたい！　って。

「でも、それと恋人は別の話じゃないか？」

「うん、そうなんだけど……色々あるうちにそれを飛び越えちゃったって感じかな」

飛び越えちゃったって……。

でも彼女は、俺が根暗で冴えない猫背の男である時から、仲良くなりたいと思ってくれていたんだ。

それは俺自身が認められたようで凄く嬉しかった。

ユーノは火照った顔で真摯な瞳を俺に向けてきている。

こちらの答えを待っているようだった。

しかし、どう答えていいのか分からない。

こんな状況に遭遇したのは生まれて初めてなのだから。

こういう時に恋愛のQ＆A集があったらなー……って、そうじゃない。

今の俺がどう感じているか、そこに正直になればいいだけだ。

ユーノのことは好きか嫌いかで言ったら間違い無く好きだ。

しかし、それが恋心かどうかは自分自身でも分からない。

あまりに恋愛に未熟過ぎるが故に判断が付かないのだ。

でも、彼女のことをもっと知りたいという気持ちは存在している。

それが付き合うという事であるなら……。

「じゃあ……とりあえず……付き合ってみる？」

「！」

彼女の円らな瞳が更に丸くなる。

「うん！」

そのまま幸せそうに頷いた。

という訳で、思いがけず人生初の彼女というものが出来てしまった！

俺自身もびっくりだ。

で、その件はそれで一先ず落ち着いたのだが……。

彼女はまだ俺に抱きついたままだった。

さすがに、このままずっとこうしている訳にもいかない。

「あのさ……そろそろ、例の洞窟に向かおうか？」

「ん？　あ、そうだね。でも、その前に……」

「？」

なんだろう？　と思っているると、不意に彼女の顔が近付いてくるのが分かった。

「……!?」

瞳を閉じて、顎を上げ、唇が近付いてくる。

こ、こここ、これはもしや……キスというやつでは!?

こ、こんな所で!?

他のプレイヤーがいないか周囲が気になる。

いや、そんな事より、初めてのキスがヴァーチャルでいいのか!?

──って、そうじゃない！

俺達は付き合うと決めただけで、まだそういうのはもっと先のことなんじゃないのか？

段階ってものがあるだろ。

そんなふうに戸惑っているうちにピンク色の唇が目の前まで迫ってくる。

ぬ……。

とても仮想現実とは思えない柔らかそうなそれに触れようとした刹那だった。

【倫理コードに抵触したので、映像を遮断しました】

「「ふぁっ!?」」

二人揃って変な声を上げてしまった。

眼前にそんな文字がデカデカと表示され、互いの顔にモザイクがかかってしまったからだ。

そういえばノインヴェルトは全年齢対象のゲームだ。

だからそういう行為に及ぼうとすると、自動で画像処理が施されるようになっている。

でも、キスぐらいは規制外でいいんじゃないかと思うんだけど……。

「むぅ……こればかりは仕方が無いね」

ユーノは不満げに呟くと、ゆっくりと身を離す。

モザイクが取れた彼女は頬を膨らませ、むくれた顔をしていた。

そしてこう続ける。

「じゃあ……続きはリアルで……」

「……!?」

悪戯っぽく微笑む彼女。

その表情に重なるように、リアルの名雪さんの姿が浮かぶのだった。

†　　†　　†

ユーノから突然の告白を受け、しばらく気分がそわそわとしていた。

とりあえず深呼吸をして気分を落ち着かせ、移動を開始。

ようやく当初の目的であるゴブリンが潜むという洞窟の入口へ到着していた。

「ここにクエスト目標のエルダーゴブリンがいるのか……。いかにもゴブリンが巣を作ってそうな雰囲気だな」

ごつごつとした岩場に口を開けた、人がゆったりと通れるくらいの結構大きめの穴。

そこから首を伸ばして奥を覗(のぞ)いてみる。

中は真っ暗でじめっとしていた。

用事が無ければ、あまり入りたくない場所だ。

「長居したくない雰囲気だし、ささっと目的のものを手に入れて帰ろう」

「うん、そうだね」

「じゃあ、行こうか……って……」

俺にはさっきから気になることがあった。

あれからずっと、ユーノが俺の手を握ってきているのだ。

「あのさ……」

「なあに？」

「このままじゃモンスターが出た時に動きにくいと思うんだよね」

「大丈夫だよ。その時はすぐ離すから。それに固まって行動した方が安全だしね」

「それはまあ……そうだけど」

彼女は終始ニコニコしていて機嫌が良さそうだったので、「まあいいか」と思ってしまった。

ともかく、今はエルダーゴブリンの討伐が先決だ。

「それじゃあ、改めて突入！」

「おー！」

洞窟に入ると、中は外と違ってかなりひんやりとする空間だった。

そして思いの外、暗くて視界が悪い。

「奥がよく見えないな……ライティングの魔法とかあったら良かったんだけど……」

「それなら私が松明(たいまつ)を持ってるよ」

「おお、やるじゃん！」

「うふふ、もっと褒めて！」

「えらい！　すごい！　かわいい！」

「か、かわいい!?　もっと言って！」

「……」

面倒臭かった！

「ともかく、明かりを頼む」

「任せて！」

ユーノはアイテムボックスを開くと、中から松明を取り出す。

ただの木の棒だが、取り出しただけで先端に炎が灯（とも）された。

わざわざ火を点（つ）けなくてもいい所がゲームらしい。

「これで奥まで見渡せるよ。ほら、こんな感じで――」

彼女はそう言いながら、火の灯った先端を洞窟の奥へと向けた。

すると、そこに――

「ひぃぃぃぃっ⁉」

「うわぁっ⁉」

緑色をした醜い顔が眼前に浮かび上がったのだ。

あまりに不意のことだったので俺達は揃って悲鳴を上げてしまった。

慌てて後方へ退くと、それがなんなのかハッキリと見えてくる。

尖（とが）った耳を持つ、緑色の魔物。

ゴブリンだった。

ただ普通のゴブリンは人より身長が低く、小柄なのが一般的だが、そのゴブリンはやたらと筋肉質で体格が良いように見える。背などは俺よりもデカいし。

「ギギギギギッ……」

おっと、悠長に観察している暇は無かった。

ゴブリンは歯軋りのような呻り声を上げて飛び掛かってきたのだ。

俺は反射的に杖を構えて魔法を放つ。

「ファイア！」

「シギャァァァァ……！」

それだけでゴブリンは断末魔の叫びを上げて燃え尽きてしまった。

「ふぅ……驚かせやがって。この洞窟はやっぱりゴブリンの巣みたいな設定になってるっぽいな。気を付けながら進もう」

「そ、そうだね……」

今度は警戒しながら洞窟を進む。

しばらくすると――、

「ギギギギギギィィィッ……！」

「うわ、また出た！」

「ひっ!?」

またもや目の前にゴブリンが現れた。

しかし、今度のゴブリンはさっきのより小柄で、黄金の首飾りを付けていた。

色んなタイプのゴブリンがいるんだな。

そう思いながら、またもやファイアを放つ。

「シギャァァァァッ……！」

やっぱり、一撃であっさりと死んだ。

するとそこでユーノが申し訳なさそうに言ってくる。

「なんか全部ユウトにやらせちゃってるみたいで悪いから、次は私にやらせて」

「ああ、分かった。今度は後方支援に回るよ」

そう決めて、再び洞窟の中を行く。

またしばらく歩くと――、

「ギギギギギギギィイイイイッ……!!」

「おっと、また出た！　ファイア！」

「シギャァァァァァァァッ……！」

死んだ。

「ええと……ユウト……？」

ユーノが呆然(ぼうぜん)とした様子で尋ねてくる。

その顔で遅れて気付いた。

「あ、ごめん！　つい条件反射で魔法撃っちまった……」

「うん……別にいいんだけどね……。そのね……私の存在意義がね……うう……」

彼女は瞳をウルウルとさせていた。

「悪い悪い、今度こそユーノに任せるから」

「うん……」

それにしても今倒したゴブリンは頭に王冠を載せてたな。

さっきの黄金の首飾りをしたゴブリンといい、最近のゴブリンは羽振りがいいのか？

町を襲撃して得た、盗品って可能性もあるけど。

ともあれ先を急ごう。

俺達は更に洞窟を進む。

だが、しばらくすると、洞窟の最奥と思しき行き止まりに行き着いてしまった。

枝分かれしている道は隈無く探索したし、他に調べていない場所は無い。

それともう一つ気になるのは、最初の三匹を倒して以降、一匹もモンスターと遭遇していないことだ。

それはまるで、この洞窟が蛻の殻にでもなったかのよう。

「どういうことだ？　エルダーゴブリンなんていないじゃないか……」

「普通のゴブリンしかいなかったね。しかも三匹しか出てこないし」

ユーノがふと呟いた言葉で、俺はハッとなった。

……まさかな。

俺は慌てて自分のアイテムボックスを確かめてみる。

そこには、この洞窟で入手したアイテムが増えていた。

【アイテム】
エルダーゴブリンの骨×1
ゴブリンロードの首飾り×1
ゴブリンキングの王冠×1

「っ⁉」

やっぱり……一番最初に倒した、あの体格の良いゴブリンがエルダーゴブリンだったんだ！

しかも、その後に倒したのもネームドモンスターっぽいぞ……。

魔法が強すぎて、あんまり簡単に倒せてしまうものだから、普通のゴブリンと勘違いしてしまったのだ。

この洞窟には親玉クラスしかいなかったのか。

どうりで何も出てこない訳だ……。

†　†　†

目的だったエルダーゴブリンを意図せず討伐してしまった俺とユーノは、ディニスの町へと戻って来ていた。

あとはクエスト達成条件であるエルダーゴブリンの骨をギルドにいるガイナに渡すことだけだ。

という訳で、その足ですぐに冒険者ギルドへ向かい、ロビーで酒を飲んでいるガイナに話しかけた。

「おう、兄ちゃん達か。どうだ？　例のものは手に入ったか？」

彼は赤ら顔でそう言ってきた。

そこで俺はアイテムボックスからエルダーゴブリンの骨を取り出して彼に渡す。

「おおっ、これは確かにエルダーゴブリンの骨で間違えねえ。俺様の指南を受けるに値する力の持ち主と認めようじゃないか」

ガイナがそう言った直後、

『パッパパー！』

レベルアップの時とは違うファンファーレが脳内で鳴り響いた。

コンソールを見ると、スキルパレットの枠が一つ増えている。

確かにクエストの報酬が得られたようだ。

やった！　これでスキルが同時にもう一つ使えるぞ。

俺は早速、空きスロットに速読魔（ファストスペル）のスキルを入れる。

「どう？　そっちは」

「うん、私の方も増えた」

協力プレイ可のクエストだったので、パーティを組んでいた彼女の方にも同じアイテムがドロップしていた。

よって、ユーノのスキルパレットもスロットが増えたようだ。

「そういえば、この〝格闘家の指南〟ていうクエスト、枠が三つまで増やせるっていう話だったよね？　続きのクエは、このまま話しかければいいのか？」

「だと思うよ」

そういうことみたいなので実際に話しかけてみた。

「あのー……」

「おう、最初の試練をクリアした兄ちゃんには、俺様の指南を受ける資格が生まれたって訳だ。早速、受けてみるか？」

「えっと、はい」

「よし、じゃあエルダーゴブリンを倒した洞窟に行って、今度はゴブリンロードを倒してこい」

「え……」

そう言われて、俺は固まってしまった。

すぐにクエスト受注の通知があり。一覧に追加される。

【格闘家の指南・中位】
推奨レベル：10〜15
発生条件：レベル10以上
目標：ゴブリンロードの討伐
達成条件：ゴブリンロードの首飾りをガイナに渡す
報酬：スキルパレットの増加＋1

なんか色々おかしいぞ！

推奨レベル10〜15なのに、俺はもうそのゴブリンロードは倒してしまっている。

しかもクエスト発生条件がレベル10以上となっているが、俺はまだレベル7だ。

なぜ受注出来た⁇

システム的にもおかしいだろ。

「わーやったー！　一気にスロットが二つ増えるね！」

あんまり深いことを考えずにユーノは喜んでいた。

彼女はいい。

レベル11だから、この条件に当て嵌まってるし、話しかけるだけで達成出来そうだ。

だけど俺はどうなんだろ？

試してみるか……。

俺は持っていたゴブリンロードの首飾りをガイナの前に出してみた。

「ぬおぉっ⁉　も、もう持って来たのか⁉　どうやって⁉」

彼は手に持っていた酒を溢してしまいそうな勢いで仰け反った。

ＮＰＣも戸惑うようだ。

それに、さすがは超ＡＩ。反応も人間のようにリアルだった。

「えっと、エルダーゴブリンのついでに……」

「ついで……って、そういうノリで出来るもんでもないいんだがな……。ま、まあ……いいだろう。認めようじゃないか」

『パッパパー！』

またもやクエスト達成のファンファーレ。

更にスキル枠が一つ増えた。これでパレットが計三つになった。

今度はそこに不可視スキルをスロットイン……っと。

それと試してみて分かったが、クエスト発生条件のレベルに達してなくても達成条件のアイテムさえあればクエストを完了することが出来るっぽい？

まあ、これは俺だけなのかもしれないけど……。

そもそもこのレベルで中位クエストが発生してること自体、おかしい訳だし。

これ運営に問い合わせても、また仕様だとか言われるんだろうな。

そんな事を考えている最中、俺に続いてユーノも首飾りを取り出していた。

「おじさん、私もこれ」

「誰がおじさんだ！　こう見えても俺は……って、嬢ちゃんもかぁぁぁっ!?」

ガイナは目ん玉ひん剝いて驚いていた。

『パッパパー！』

「わーい！　私も増えたー！」

両手を挙げて喜ぶユーノに対して、ガイナは頭を抱えつつ自分を落ち着かせていた。

「ま、まあ……た、たまには……そういうこともあるか……」

実際、彼女はクエスト発生条件のレベルに達してる訳だから、連続でクエストをクリアすることだって有り得る。

そう考えると、ちょっと腕の立つプレイヤーって感じにはなる。

だが、気になるのは次だ。

答えは大体予想がついているが……。

俺はまたもやガイナに話しかける。

「えーと、次の指南なんだけど……」

「はは……まさかこんなにも早く試練を乗り越えるとはな……。だが、次はそう簡単には行かないぜ？　もう少し鍛えてからじゃねえとお前らにはまだ無理だ」

【格闘家の指南・極位】
推奨レベル：15～20
発生条件：レベル15以上

目標：ゴブリンキングの討伐
達成条件：ゴブリンキングの王冠をガイナに渡す
報酬：スキルパレットの増加＋1

やはり問題無くクエストを受注出来た。

という訳で、すぐにゴブリンキングの王冠を取り出す。

「じゃあ、はいこれ」

「ほぎゃぁぁぁぁぁっ!?」

ガイナはその図体（ずうたい）のデカさに見合わない高い声で悲鳴を上げた。

「な、なななんでもう倒してんだ!?　兄ちゃんレベル7だろ??」

「あー……まあ、そうなんだけど、倒せちゃったんで……」

「……」

ガイナは虚空を見つめ、目が点になっていた。


『パッパパー！』

これでスキル枠が計四つ。

増えたスロットに駿足（スイフト）スキルを入れてみた。

ちなみにユーノはというと、クエスト発生条件にレベルが達していない為（ため）、受注出来なかったようだ。

やはり発生条件を無視してクエストをこなせるのは同期（シンクロ）の恩恵なのかなと思う。

「残念……」

彼女は悄気（しょげ）ていたがアイテムは持ってる訳だし、そのレベルになった時に渡せばいいだけだから楽なことには違いない。

「もう俺様が……お前達に教えることはない！　免許皆伝だ！」

ガイナは開き直ったように胸を張り、カッカッカッと笑っていた。

つーか、今更だけど……格闘家の指南とかいうクエの癖に、あんた何も指南してないじゃん!?

洞窟行かせてゴブリン倒させただけじゃん!?

というのは、まあ……深く突っ込まないでおこう。

「それにしても結構時間がかかっちゃったな」

「だね。リアルでは、もうお外が明るくなる時間だよ」

ユーノはコンソール上にある現実世界の時計表示を見ながら言った。

「もう、そんなか……」

ゴブリンの洞窟を探索してた時間もかなりあったが、その道すがらモンスター狩りをしていたのが結構時間を取ってしまったっぽい。

あと、初心者狩りにも遭ったしな。

「時間も時間だし、そろそろログアウトしようか」

「うん、そうだね。明日は期末テスト初日だし」

「えっ……」

気のせいかな？

今とんでもない言葉を耳にしたような……。

「期末テスト……？」

「そうだよ？　知らなかった？」

「いや……それ来週かと……」

「明日からだよ。間違い無い」

「……」

勘違いしてたぁぁぁっ!!

「マジか……」

なんも勉強してねぇぇぇぇっ!!

「てか、ユーノも大丈夫なのか？　こんな時間までログインしてて……。明日の対策は？」

「私は最初から諦めてるから！　ぶっつけ本番で！」

彼女は満面の笑みで、そう答えた。

「……」

俺とは違うレベルの勇者だった！

【第4章】これ本当に俺の財布か？

◇オフライン◇

やっちまった……。
俺は教室にある自分の席で、頭を抱えて絶望していた。
来週だと思っていたのに、今日が期末テストの初日だなんて……。
明日以降の教科は死ぬ気で頭に詰め込むしかないが、さすがに今日のは無理だ。
しかも明け方までノインヴェルトをやっていたせいで、眠気も相当きてる。
こんなコンディションでは、まともな点が取れるとはとても思えない。
ユーノと一緒で、腹を括って諦めるしかないだろう。
同調を求めるように窓際最後部の彼女の席に目を向ける。
すると、名雪さんと視線が合った。
「……！」
途端、彼女は顔を紅潮させ、慌てたように顔を伏せてしまった。
その反応。

昨晩、俺に堂々と告白してきた本人とは、とても思えない。

と、そこで俺のスマホが震える。

ユーノ『もーう♪　そんな求めるような視線を送っても、学校でキスは駄目だからね？』

「……」

スマホ画面から本人に視線を移すと、彼女は耳まで真っ赤に染めて机に突っ伏していた。

発言と行動が合ってないんだが！

ユウト『どんなふうに見たらそんな視線に思えるんだよ』

ユーノ『ユウトの考えてる事なら、何でもわ・か・る・よ♥』

そんなメッセージが送られてきた直後、机に突っ伏していた名雪さんの体がビクッと震える。

これには周囲にいたクラスメイトも何事かと驚いた様子だった。

ユウト『あんまり無理すんなよ……』

ユーノ『無理してないもん！』

「……」

無策の者同士、傷を舐め合おうと思ったが、それも無理そうだ。

今は朝のホームルーム前。

クラスのみんなは、最後の悪足掻きとばかりに教科書やノートとにらめっこしている。

俺は…………そうだな。

トイレにでも行っておこうか。

足掻いた所で焼け石に水だろうからな。

そんな訳で、俺は廊下に出てトイレに直行する。

ささっと用を足し、教室に戻ろうとした際に事は起きた。

ひとけの無い場所で思いも寄らない人物から声を掛けられたのだ。

「よう、神先」

蔑むような視線を向けてきたのは陽キャグループの中心的人物、須田京也だった。

驚いた。

こいつが自ら積極的に俺に話しかけてくるなんて珍しい。

いつもだったら俺の存在すら気にも留めていないし、クラスの用事で仕方なく口を利く時も煙たそうな顔をするだけだからだ。

それが今日はどんな風の吹き回しだ？

「球技大会は大活躍だったな」

「……」

京也は否定しない俺にムカついたようで、眉間に皺を寄せる。

これは明らかに敵意を持たれているようだ。

これまで向けられてきた侮蔑の視線とは違う。

「さぞ、気持ち良かったろうな」

「……え？」

気持ち良い⁇

すると京也は、耳元で声を潜める。

「どんなイカサマを使った？」

「……」

どうやらこいつは、サッカーの試合で俺が何か仕込んでいたと思っているようだ。

確かに一人で入れた点数としては常識外れ過ぎるし、この前までクラスで目立たない存在だった俺が急に活躍し始めるのも不自然だ。

だからこそ不審に感じているのだろうが、仮にイカサマであったとしても、どうやって仕込むというのだろう。

サッカーでイカサマと言えば、真っ先に八百長とかが思い浮かぶ。

お金を貰（もら）ってる審判がおかしな判定を下したり、選手がわざと危険なタックルをしたりとか？

でも、俺が出場したのは一高校でやってるただの球技大会だし。

そこでイカサマって……ないと思うぞ。

俺は余計な想像をして思わず吹いてしまった。

「なに笑ってんだよ！」

京也はカチンときたようで、顔を顰める。

「あ、ごめん。別のこと考えてて……」

「はぁ!?」

「いや、そんな方法があったら俺も教えてもらいたいなーと思って」

「ちっ……」

彼は苛立ったように舌打ちする。

だが、意外にもすぐに平静さを取り戻し、俺にいつもの嘲笑を向けてくる。

「ふっ……サッカーの事は、まあいいさ。だが、今回の期末テストは負けないからな」

「……」

それを聞いて俺は目が点になった。

あれ？　これってもしかして……ライバル視されてる??

なんて思っていると——そこでタイミング良く、チャイムが鳴り響いた。

朝のホームルームが始まる時間だ。

これに反応した京也は、俺を睨み付け背を向ける。

だが、歩みかけて何かを思い出したのか、一旦足を止め、振り返った。

「おい」

「？」

彼は勘繰るような表情で言ってくる。

「この前、綾野と何を話していた？」

「綾野……さん？」

それは恐らく……というか確実に委員長の綾野玲香のことを言っているのだろう。

それ以外の綾野さんは知らないし。

で、この前だって⁇

俺が彼女と話した記憶があるのは球技大会の時くらいだ。

その時の事を言っているのか？

「何を言われたのか聞いている」

「試合のことだけで、特に何も」

「ふん」

彼は納得いっていないような表情を見せると、スタスタと行ってしまった。

なんだったんだ？

いや……これって、もしかして……。

鈍感な俺でも何となく分かるぞ。

京也は綾野さんに気があるのか。

だから俺との会話を気にして……。

とはいえ実際は彼の完全な勘違いだけど。

敵視されているのも、そういう事なのかもしれない。

っていうか、クラスのヒエラルキートップの人間にライバル視って!?

そうこうしている内に廊下に誰もいないことに気が付く。

おっと、こんな所で悠長にしている場合じゃなかった。

そんな訳で、俺は教室へと急ぐのだった。

†　†　†

唐突に京也から敵意を向けられた俺だが、そもそもが頭脳で奴には太刀打ち出来ない。

日程を勘違いしてテスト勉強が出来なかったこともその内の一つだが、それ以前に彼は勉強も出来る奴なのだ。

スポーツ万能、頭脳明晰を地で行くような人間なので、俺が少し勉強した程度では勝てない。

まあ彼は、そこの所も分かっているからこそ、俺に勝負を吹っ掛けてきたのだろう。

格の違いを見せつけて、また蔑む対象に俺を突き落とすつもりだ。

悔しいが、こればかりは仕方が無い。分が悪すぎる。

今は朝のホームルームが終わり、一時限目のテスト開始を待っている最中だ。

本日最初の教科は数学。

初っ端から厳しめの教科である。

周りは相変わらず、教科書とノートの最終確認に掛かりっ切り。

このままだと俺は余裕をかましているみたいな感じに見えてしまうので、取り敢えず形だけでも教科書にさらっと目を通すことにした。

数学の教科書を机の上に取り出して、テスト範囲のページを開く。

それを今更見た所で、何か頭に入ってくるはずもないが…………ん？

あ、あれ……⁇

なんだこの感覚は……。

教科書を読んだ端からスラスラと理解し、頭の中に記憶されていくような気がする。

まるで頭の中がデジタルな記憶装置になった気分だ。

視覚から入った情報がファイル化されて、頭の中にあるフォルダに分類されて行くような感覚。

これもステータスが同期した影響か！

思えばサッカーの試合の時もそうだった。
器用と敏捷が、以前の数十倍にも跳ね上がっていたからこそ出来たプレイ。
恐らく、今のこれも知力のステータスが数十倍になっているからこその事だろう。
これなら数分で、テストの範囲くらいは全部記憶出来そうだぞ。
そうと分かればやるしかない。
俺は教科書の左上から右下へ向かって視線を走らせ、次々に頭の中に入れて行く。
一ページ、十秒もあれば充分だ。
記憶してはページを捲り――を繰り返す。
すると、ものの数分で範囲部分を全て記憶してしまった。
よし、あとは実際にこれがちゃんと使えるかだな……。
そうこうしている内に皆が教科書をしまい始めた。
先生がやってきたのだ。
早速、答案用紙が配られ、数学のテストが開始される。
まずは一問目から……。
問題を読み込むと――衝撃が走った。
まるで条件反射のように答えが導き出されたのだ。
頭が全てを理解しているのか、何の負荷も掛からずに答えが出てくる。

分かる……分かるぞ！

てか……我ながらすげーな……。

全く詰まる事無く、どんどん問題を解いていく。

すると開始数分で全ての問題を解き終えていた。

やば……時間余り過ぎちまった……。

念の為、もう一度見返してみるが、やはり間違いは無い。

完璧だ。

これなら、他の教科も同じ方法で行けそうだな。

この調子で休み時間の内に頭に詰め込んでおこう。

暇すぎる残り時間を過ごし、一時限目のテストが終了すると、すぐに詰め込み作業に入った。

この後は現代文と世界史か。

よし、まとめてやってしまおう。

俺は二つの教科書を取り出し、同時に読み込み始める。

やはり、同じようにすんなりと理解、記憶出来た。

だが、その光景は周囲にとっては異様に映ったらしく、周りの席の奴らが訝しげな目で俺のことを見ていた。

何しろ全く別々の教科を同時に読んでる訳だから、ふざけているとしか思えないはずだ。

しかし、今これをやらないと俺はこの後、困ってしまうので構わず続けた。

その結果、その日のテストはバッチリ。

手応えを感じた。

家に帰ってからは、他の教科も同じようにして詰め込んだ。

その甲斐あって、次の日以降の教科でも滞りなく問題を解くことが出来た。

そして期末テストの全ての日程を終えた、数日後――。

俺は廊下にある掲示板の前に立っていた。

うちの高校ではテスト結果の順位を教科別に貼り出すということをしている。

上位三十人までだが、それでもそこに貼り出されると、生徒達の中で「あいつは出来る奴」という認識が高まる。

だから掲示板の前には、それなりに人だかりが出来ていた。

「うお……マジかよ……あいつ、そんなだったっけ？」

「すげえ……神先のやつ無双状態じゃん」

「神先君って、この前、球技大会で大活躍した子でしょ？」

「勉強もすごいんだね……」

そんな声が、そこかしこから聞こえてくる。

みんながざわつくのも無理はない。

俺は期末テスト全十二教科の全てで一位を獲得していたのだから。

掲示板を見ていると、みんなの注目が俺に集まっているのを肌で感じる。

それらは、ほとんどが羨望と憧れの眼差しだ。

だがそんな中、一人だけ虚空を見つめ呆然と立ち尽くす者がいた。

京也だ。

彼の結果はというと、全ての教科で二位とか三位をキープしていた。

普通の人間からしたら、それでも充分な結果だと思うが、まさか全教科で負け越すとは思ってもみなかったのだろう。引き攣った笑みを浮かべていた。

しかも俺に勝利を宣言した上での結果だから、相当メンタルに応えたとみえる。

なにしろ、俺に突っかかってくる気力さえ失っていたのだから。

† † †

期末テストの結果も出て、俺は久し振りの解放感に浸っていた。

今回、特に苦労した訳じゃないが、テストという制約から解き放たれると、誰しも気持ちが良いものだ。

今日の授業もこれで終わり。

なんだかパーッとやりたい気分だ。

そんな事を思っていると、俺のスマホが震えた。

ユーノ『一緒に帰ろ♪』

言わずもがな名雪さんである。

同じクラスなのだから直接言えばいいのに、毎回この調子だ。

そういえば、彼女と付き合うと決めたあの日から毎日、一緒に帰る習慣がいつの間にか出来上がっていた。

二人共、部活に入っている訳でもないので自然とそうなったのだが……。

誘っておきながら、この距離感はなんなのか！

彼女は俺の横に並ぶ訳でもなく、数十歩後ろをまるでストーカーのように付けてくるのだ。

全然、一緒に帰ってる気がしねえ！

ユウト『あのー……ユーノさん？　これ一緒に帰ってる意味ないよね？』

スマホでメッセージを送ると、すぐに返ってくる。

ユーノ『そんな事ないよ？　とっても楽しい。ゲームの話をしながら帰れるし』

ユウト『話って……スマホでやり取りしてるだけじゃん！　それなら一緒に帰らなくて

か？

も出来るじゃん！』

それを送ると、少し間が空いて——、

ユーノ『だって……恥ずかしいんだもん』

それが本音だった。

ノインヴェルトでは彼女から手を繋いできたり、抱きついてきたり、あとは……キスまで迫ってきたりと、かなり積極的であるのに、どうして現実ではこんなに奥手なのだろうか？

まあ、人の事は言えないんだけど……。

ユウト『続きはリアルで……とまで言ってたのに？』

オンライン上でのキス行為が倫理コードに引っ掛かった時、彼女はそんな事を言っていた。あれはなんだったのかと思ってしまう。

しかし、その一言は余計だったと反省した。

遥か後方を歩いていた名雪さんがスタスタと近付いてきて、俺の横に並んだのだ。

ただ、視線は下に向けたままで、顔は火照ったように上気しているのが分かる。

その状態から、片手でスマホを弄りだした。

ユーノ『そうだったね！　思い出したよ！　じゃ、続きをしよ！』

そんなふうに、やる気満々のメッセージが送られてきたが——、実際の彼女は俺の隣で焼けた鉄のように顔を真っ赤にして、プルプルと体を震わせているだけだった。

ユウト『言葉と行動が全然合ってないんだけど？』

ユーノ『そう？　私はユウトと結ばれる気満々だよ』

足を止めた名雪さんは、未だプルプルとしているだけだ。

俺はそんな彼女に向かって堪らず声をかける。

「いやいや、無理すんなって」

明らかに彼女の心の限界を超えている。

クラスの誰ともしゃべらない超内向的な彼女が、急にそんなことするなんてハードルが高すぎる。

足下もフラついてるし、このままじゃ倒れてしまいかねない。

ユーノ『もう、ユウトったら恥ずかしがり屋さんなのね』

「その言葉、そのままお返しします」

ユーノ『仕方無いね……。じゃあ手をつなご！』

そこで彼女は俺に向かって手を伸ばしてきた。

だが、その手は小指だけがピンと伸びている。

まさか、これでつなごうってのか……？

恐らく、これが今の彼女の限界なのだろう。

まあ……いいけど。

俺も自分の小指を伸ばすと、恐る恐る彼女の指に絡ませる。

それだけで触れ合った指先から名雪さんの緊張感が伝わってきた。

これがリアルで初めての手つなぎ……いや、指つなぎか！

でも……なんだこれ……結構、悪くない。

こういうのもアリか？

隣に目を向けると、俯いたまま頰を紅潮させている彼女の姿が目に入ってきた。

その様子を見ていると、こっちまで気恥ずかしくなってくる。

ほんの一部分だというのに指先から彼女の体温が伝わってきて、俺も緊張してきてしまった。

「……」

そんな最中、メッセージが送られてくる。

ユーノ『期末テストも完全に終わったことだし、どこかに寄って遊んでかない？』

それは、この緊張感を解きほぐす最良の言葉だった。

「あ……いいね、俺もそう思ってたところなんだ」

まさに以心伝心といった感じ。

ってか、指をつなぎながら片手でスマホ弄るって器用だな！

しかし、端から見たら俺達って……会話そっちのけで自分のスマホに掛かりっ切りの冷めた関係にしか見えないだろうな……。

「それで、どこに行くんだ？」

ユーノ『私、行きたい所があるの。多分、ユウトも好きなとこ』

「じゃあ、そこにしよう」

行き先が決まったところで、俺達は指をつなぎながら歩き始めた。

† † †

彼女に連れられてやって来たのは、アニメやゲームのグッズを扱うショップだった。

恋人同士が訪れるのは決まってオシャレなお店だと思っていたが、趣味が同じな俺達にとってはこっちの方が天国だった。

「うお、ノインヴェルトのグッズも置いてるじゃん！」

ユーノ『最近入荷したばかりらしいよ』

「そうなんだ、知らなかった」

ゲーム関連のキャラクターグッズが並ぶコーナーにノインヴェルトコーナーが作られて

いた。

ある意味、ちょっとしたノインヴェルトショップである。

キャラがプリントされた定番のステーショナリーグッズから、フィギュアや服まで並んでいる。

中にはゲーム中の武器を再現した1／1スケールモデルまで置いてあった。

「いい場所を教えてもらった」

ユーノ『ふふん、でしょ？　でしょ？』

特に気になったのは、ショーケースの中に入ったノインヴェルトオンライン特典付き初回限定版。

俺が発売日に買えなかったやつだ。

今はもうソフトはあるからゲーム自体はいらないのだが、限定版には数百ページにも及ぶ、まるで図鑑のような厚さの設定資料が付いてくる。

それが欲しかった。

でも、生産数が極端に少ないみたいで、今ではプレミアが付いていた。

ここの飾ってある物も定価の三倍くらいの値が付いている。

まさか、ここまで価値が上がるとは思ってなかった。

さすがにこれは買えないなあ……。

仕方が無い……キーホルダーの一つでも買って帰ろう。

ユーノ『それ買うの？』

俺がノインヴェルトのタイトルにも使われている紋章を象ったキーホルダーを手にすると、名雪さんが尋ねてきた。

「ああ、結構格好いいし、普段使いでも行けるんじゃないかと思って」

ユーノ『じゃあ、私も同じの買う。お揃い♪』

彼女も同じキーホルダーを手に取ると、淡いながらもホクホクした笑顔を見せていた。

なんか可愛い。

そんな彼女を微笑ましく思いつつ、俺はそいつをレジへ持って行く。

「650円になります」

キーホルダーにしては結構高い。

鉄製プレートだからかもしれないけど。

やれやれ……。

そう思いながら自分の財布を開けた時だった。

「え……？」

中を見て一瞬、時が止まった。

財布に有り得ないくらいの札が詰まっていたのだ。

ちょ……ちょっと待て……これ本当に俺の財布か？

間違って誰かの財布を持ってきてしまった⁉

そんなふうに疑ってしまうくらいに一万円札が何枚も収まっているが、確かにそれは自分の財布だった。

震える手で中身を数えてみると……軽く十万円以上はある。

なんだよこれ……。

顔が青ざめるのを感じながら理由を考える。

リアルでとんでもないことが起こる時、それは決まってステータスの同期(シンクロ)が関わっている。

ということは……。

ゲームで稼いだ金がそのまま反映されてる⁉

もし、本当にそうだとしたら、えらいことだぞ……。

俺はもう一度、自分の財布の中身を確認した。

すると、合計で10万6千７５２円入っていた。

うろ覚えだが、ゲーム内の所持金もそんな感じだったと思う。

ただゲーム内では通貨単位がGなんだが……その辺はそのまま円に置き換えられてるということでいいのか？

覚えの無い金が財布に入っている理由としては、ステータスの同期(シンクロ)以外には考えられないので恐らくそうなのだろう。

ってことは……。

これからはゲームの中で稼げばバイトしなくていいってことじゃないか。

なんだこれ、最高すぎだろ。

ちょっとゲームで頑張れば、なんでも買えちゃうじゃん！

例えばそこにあるプレミア価格のノインヴェルト限定版とか……？

やべー……超やべー。

レジの前で感動に打ち震えていると、店員さんが怪訝(けげん)な表情で尋ねてくる。

「あのー……お客さん……？」

そこで俺は反射的に答えた。

「あ、彼女のも一緒に会計お願いします」

「ふぇっ？」

一瞬、名雪さんの地声が聞こえた。

何の相談もなく決めたので彼女は目を丸くしていたが……そんな事よりも、こんな所で初めて彼女の声が聞けるとは思ってもみなかった。

「では、お二つで１３００円です」

「えっと……それと、あそこのノインヴェルト限定版も一緒に下さい」

「あ、はい。では、合計で3万2千562円になります」

ショーケースから出される特典付き初回限定版。

俺は財布から4万円を取り出して支払う。

思わず衝動買いしてしまった！

でも後悔は無い！

ホクホクしながら商品の入った袋を受け取ると、別にしてもらっていたキーホルダーを名雪さんに渡す。

「はい、これ名雪さんの分」

「……」

彼女は呆然としていたが、そこから少し遅れて……。

ユーノ『なんで？　悪いよ……』

「ここに連れてきてもらった御礼」

ユーノ『でも……』

「金のことなら心配すんな」

ユーノ『まさか……石油王!?』

「なんでそうなる」

そこで俺はノインヴェルト上の所持金がリアルにも反映されていることをスマホでこっそり伝えた。
ユーノ『それならどんどん使っちゃおう』
「おい、急にユルくなったな！」
しかしよく考えたら、同期(シンクロ)しているということは現実で現金を使ってしまうと恐らくゲーム内の所持金も減るはずだ。
新しい装備を買おうとしていたのに、足りなくなってしまった予感……。
でも、まあいっか！
また、モンスター狩りで稼げばいい訳だし。
店を出ると、名雪さんは早速、自分のスクールバッグにキーホルダーを取り付けていた。
ユーノ『ありがとう！　大事にするよ』
「おう」
俺も同じように自分のリュックに取り付けて、お揃いにしてみる。
そんな時、
ユーノ『お礼にチュウしてあげる』
そんなメッセージを送っておきながら、彼女は茹(ゆ)で上がったように体をフラつかせていた。

「だから、また……」

相変わらず、言葉と行動が噛み合ってない。

それにしても……と、俺は考える。

さっき、少しだけ名雪さんの肉声を聞いた。

ということは、ちゃんと喋れるのだ。

じゃあ、なんで喋らないいんだろう？

いつから、そうなんだろう？

何か、そうなってしまった切っ掛けでもあるのだろうか？

色んな疑問が湧いてくる。

しかし、俺がいくら考えたところで、それは全て想像でしかない。

いずれ、その理由も彼女の口から聞ける時がくるのだろうか？

俺はふと、そう思うのだった。

【第5章】 迷惑プレイヤー

◆オンライン◆

夕刻、俺はいつものようにノインヴェルトにログインした。
そこでまず最初にする事といえば……所持金の確認だ。
昼間の買い物がゲーム内にも反映されているのであれば変化があるはず。
それを確かめたい。
記憶では10万Gちょっとあったはずだが……。

【所持金】
74190G

「うお、やっぱり減ってる！」
予想通りというかなんというか……やはり現実で金を消費すると、ゲームでも消費したことになるらしい。

装備を買おうと思って貯めていた金だけど、微妙な感じになってしまったぞ……。

所持金はリアルで使うことも考えて貯めた方がよさそうだ。

でも、これなら普通にバイトするより断然、楽しそう。

来月、欲しい本とかゲームがあるんだよなー。

今のうちに稼いでおいた方がいいかもしれないな。

という訳で適当なモンスターを狩ることにした。

俺はディニスの町から出ると、目の前にある森に入り、その辺を歩いているデスハウンドに魔法をぶっ放す。

デスハウンドは凶暴な犬のゾンビみたいなモンスターだ。

俺がそいつにファイアの魔法を放つと、一瞬で燃えかすのようになって消えた。

【15ｐｔの経験値を獲得　100Gを手に入れた！】

「デスハウンド一匹で100円かあ」

こんな簡単に100円が手に入るのだから、すごい。

十匹なんてすぐに倒せそうだし、それだけで千円だ。

時給にしたら、いくらくらいまで稼げるんだろ……。

そのまま俺はデスハウンドを狩り続けた。

一時間後――。

数えてみたら十三匹のデスハウンドを倒すことが出来ていた。

時給にしたら１３００円。

バイトとしてはまあ、まずまずだが……。

特別大きく稼げるという訳でもない。

学校から帰ってきて一日に四時間ほどプレイしたとして５２００円。

それが三十日で15万６千円。

一高校生としては充分な額……。

だけど、ゲーム内ではリアル以上に結構な額が必要になってくるしな……。

装備とか高いし。

しかも毎日、金稼ぎをするという訳にもいかない。

普通にストーリーを進めたり、クエストをやったり、雑談だけで終わることもあるだろうから実際はもっと稼げないはずだ。

それに狩ってみて分かったことだが、効率が悪い。

デスハウンドはこの辺りに二匹ほど徘徊していて、それを倒すと次のデスハウンドが湧くまでに少々の待ち時間が生じるのだ。

それまでに狩り場を移動し、別のデスハウンドを倒して、またここに戻ってくるとポップしてるといった感じでサイクルするんだけど……。

それがどう頑張っても十三匹が限界だった。

もっと行けると思ったんだけどなー。

そうなると、単価を上げるしかないか。

俺は辺りをきょろきょろと見回しながら森の奥へと進み始める。

すると、空中をヒラヒラと飛んでいるものが目に入った。

お、あれは初めて見るモンスターだな。

【ポイズンバタフライ】

名前からして毒を持ってそうな巨大蝶だ。

しかし、エリアからしてそこまで強いモンスターではなさそう。

俺はすかさず、そいつに向かってファイアを放つ。

「キュイイイッ……」

やっぱり一撃で粉砕。

【15ｐｔの経験値を獲得　30Ｇを手に入れた！】

駄目だ、余計に安くなった！
違うモンスター、違うモンスターっと……。
更に周辺を探索していると……。

【アダマンティエント】

お、あれは木のモンスターか。
大木の幹に顔があり、うねうねとした根を足代わりにして歩いている。
まさに人面樹といった感じのモンスターだった。
あれはよく燃えそうだな。
すかさず、そいつにもファイア。
「グボワァァァアッ……」
またもや一撃で燃え滓(もかす)に。

【25ｐｔの経験値を獲得　150Gを手に入れた！】
【アダマンティエントはカタカタの実×1を落とした！】

「おっと!?」
こいつはデスハウンドより少しだけ美味しいぞ。
しかも、カタカタの実を落とした。
そのアイテムのことは覚えている。
初期配布で所持品の中にあったアイテムだ。
使用すると三度だけ敵の攻撃を無効化出来るっていう超便利アイテム！
こいつが落とすのかー。
カタカタの実はいくつあってもいい。
現実世界でも不慮の事故から身を守ってくれるし、最高のアイテムだ。
よし、金稼ぎはデスハウンドからこいつに切り替えよう。
俺はアダマンティエントをひたすら狩り始めるのだった。

†　†　†

人面樹のモンスター、アダマンティエントをコツコツ狩り始めて小一時間。

所持金が8万G近くにまで貯まってきていた。

デスハウンドよりは多めに金を落とすものの、やっぱりそう簡単に貯まるもんじゃない。

じゃあ、ドロップ品のカタカタの実はというと……。

最初にドロップした分と併せて計2個、手に入れることが出来ていた。

狩った数からしたら、少ない量だ。

どうやら必ず落とす訳じゃなく、ある一定の確率でドロップするようだ。

その確率も低めに設定されてるっぽい。

まあ、それもそうか。

このアイテムがそんなに出てしまったらゲームにならなくなってしまうもんな。

そんなことを考えながら、目の前のアダマンティエントにトドメのファイアを食らわせた直後だった。


『パラッパパッパッパー』

レベルアップのファンファーレが鳴り響く。

狩りまくっていた甲斐があったみたいだ。
という訳で、ステータスのチェック。

【ステータス】
名前：ユウト　LV：8　種族：ヒューマン　職業：魔法使い
HP：450／450　MP：680／680
物理攻撃：285　物理防御：305
魔法攻撃：550　魔法防御：527
敏捷：327　器用：339　知力：408

【魔法】
ファイア〈火属性〉　Lv.6　UP！
クロスファイア〈火属性　全体攻撃〉　Lv.2
ヘルファイア〈火属性　全体攻撃〉　Lv.2　UP！
アイススピア〈氷属性〉　Lv.2　UP！
サンダー〈雷属性〉　Lv.1
ロックバイト〈土属性〉　Lv.1

アースクエイク〈土属性　全体攻撃〉Lv．1
プロテクト〈土属性　付与〉Lv．1　NEW！

【スキル】
鈍化（スロウ）　Lv．3　UP！
駿足（スイフト）　Lv．1
不可視（インビジブル）　Lv．1
隠密（スニーク）　Lv．1
速読魔（ファストスペル）　Lv．2
自動体力回復（オートヒール）〈パッシブ〉　Lv．1　NEW！
自動魔力回復（オートマジックヒール）〈パッシブ〉　Lv．1　NEW！

なんかまた色々増えてるぞ……。
しかもファイアだけが、やたらとレベルが上がって行くような気がする。
使用頻度が高いからか？
で、新しく覚えた魔法は――プロテクトか。
初めての付与魔法だな。

【プロテクト】〈土属性　付与〉
一定時間、対象の物理防御力を10％上昇させる。

このレベルにしては俺の物理防御力はすごく高いけど、これがあったら更に鉄壁の守りになるな。

それにこの魔法はユーノにも付与することが出来る。

二人で難しいクエストに挑戦する時には安心かもしれない。

自動体力回復（オートヒール）と自動魔力回復（オートマジックヒール）は、あると便利な定番スキルだ。

【自動体力回復（オートヒール）】
フィールド上に於（お）いて移動中であってもＨＰが徐々に回復する。
スキルレベルに応じて回復量と速度がアップ。

【自動魔力回復（オートマジックヒール）】
フィールド上に於いて移動中であってもＭＰが徐々に回復する。
スキルレベルに応じて回復量と速度がアップ。

うん、やっぱり想像通りのスキルだ。

このゲームではどんなプレイヤーもフィールド上で静止さえしていればＨＰとＭＰは徐々に回復して行くが、移動しているとそれが出来ない。

このスキルがあれば戦闘時以外は、移動中でもＨＰ、ＭＰが回復出来るようになるのだ。

それに常時発動（パッシブ）スキルなのでスロットを消費しなくても済むのがいい所。

それにしてもレベル８とは思えない充実したステータスになってきたな……。

この調子で金の方もコツコツ貯めて行こう……。

そんな事を考えていた時だった。

「何してんの？」

「うおっ⁉」

急に背後から声を掛けられてビックリした。

振り向けば、金髪エルフの少女が長い耳をピコピコさせて微笑（ほほえ）んでいた。

ユーノだ。

ログイン通知があったのは気付いていたが、こんなに早く見つけられるとは思っていなかった。

「よくここにいるのが分かったな」

「ユウトの行きそうな場所は大体分かるよー」

フレンド登録していれば、そのプレイヤーがどのエリアにいるかは大体把握出来る。

それでもチャット機能を使わずに探すのは大変だと思うんだが……。

「それで、こんな所で何をしてるの？」

「いや……昨日、リアルで結構、金を使ってしまったから、装備を買う金が足らなくなってしまって……」

「だから、いつもより早めにログインして、お金稼ぎ？」

「まあ、そんなとこ。色々とモンスターを狩ってたんだけど結構な労力だから、もっと効率良く稼げるモンスターがいないかなあと思ってさ」

そこで彼女は瞳をぱっちりと見開いた。

「それなら一つ、良さそうなモンスターを知ってるよ」

「ホントか」

彼女は、このエリアに配置されてるモンスターをほとんど把握しているらしい。

そういう所はさすがだな。

「ディニスの東にある古代遺跡にゴーレムがたくさん出るところがあるの。そのゴーレムの中に高価なアイテムを落とす個体がいるんだって」

「お、いいね」

「ユウトなら行けるんじゃないかな？」

その古代遺跡の推奨攻略レベルは20前後らしい。

俺の現在のレベルは8。

普通では到底無理な感じだけど、ステータスだけ見ればレベル30は超えてそうな数値だからな。

……行けるのか？

「試してみる価値はありそう……かな」

「じゃあ、近くまで案内するね」

「うん、頼むよ」

そんな訳で俺達は古代遺跡に向かうことにした。

† † †

俺とユーノは、もっと稼げるモンスターを求めて古代遺跡の前までやって来ていた。

荘厳な造りは、まるで神殿のようだったが、遺跡というだけあって建物のほとんどは崩壊しており、風雨で侵蝕（しんしょく）された石柱だけが残っているような場所だった。

割れた石壁の合間に草木が繁茂し、蔦（つた）が絡まっている。

そんな古代遺跡の最奥に一つだけ健在な建物がある。

今にも崩れ去りそうではあるが、冒険者を迎え入れるように扉が開かれていた。

扉の奥には闇が広がっており、さながら地下神殿への入口のようだった。

「その稼げるモンスターってのは、この中？」

「うん、多分」

多分というのは彼女も情報でしか知らないからだ。

自分で確かめようにも、ある程度のレベルにならないと潜れないのだから仕方が無い。

恐らく、そのモンスターってのはネームドである可能性が高い。

大体、そういう特別なモンスターが高価なアイテムをドロップしたりするから。

まあ、行けるとこまで行ってみるか。ヤバかったらすぐ引き返そう。

「ここまでありがとうな。じゃあ、俺行ってくる」

彼女にそう告げて、単身地下神殿へ降りようとした時だ。

「ちょっ⁉　ちょっと待ったーっ！」

「え？　何？」

突然、ユーノが物凄い勢いで呼び止めてきたのだ。

「『え？　何？』じゃないよ！　私も一緒に行くよ？」

「へ？」

そう来るとは思ってもみなかったので、ぼんやりとしてしまった。

「一緒にって……この遺跡って推奨レベル20だよ？　ユーノは今11だろ？　そのレベルだと危ないぞ？」

「レベル８の人に言われると、あんまり説得力ないんだけど」

彼女は唇を尖らせながら言った。

「俺はまあ……ね？」

ちょっと普通じゃないから……さ。

「最初から一人で行く気だったなんて……寂しいよ。私達は天国でも地獄でも、いつでも一緒でしょ？」

「地獄には行きたくはないがな！」

彼女は、どうあっても一緒に行きたいようだ。

「守り切れないかもしれないぞ？」

「別にいいよ。ゲームなんだから死んでも問題無いし」

「……」

随分とあっさりしてんな。

ゲームだからこそ何度死んでもやり直せるが、それでも死ぬ時はあんまりいい気分はしない。

前作のアインズでも何度も死んだけど、翌朝の寝覚めが悪かったもんなー。

更にリアルになったノインヴェルトでは尚更、夢にまで見そうだ。

そんな事を考えている所で俺は思い出した。

「そういえば俺、プロテクトの魔法覚えたんだった」

「え？」

それを聞いたユーノは目を丸くする。

「プロテクト⁉　それって、二次職である大魔導師じゃないと覚えられない魔法じゃ……？」

「でも覚えちゃったんだよね」

「……」

俺の答えにユーノは呆然としていた。

こういう事は今に始まった訳じゃないが、彼女にとっては未だ慣れないらしい。

「せっかくだから、ユーノにもプロテクトをかけてあげるよ」

「私に？」

「物理防御を10％上昇させるらしいから、これから一緒に古代遺跡に入るなら結構馬鹿にならないと思う」

「そ、それは……ありがとう」

「じゃあ付与するよ」

「う、うん……」

待ち構えている彼女に向かって俺は杖(つえ)を振った。

「プロテクト！」

すると一瞬、彼女の周囲をクリスタルのようなエフェクトが取り囲み、消えた。

どうやらそれでプロテクトが付与されたらしい。

「おー……なんか頑丈になったような気がする！」

彼女は自分の体を見回しながら感心したように呟(つぶや)いた。

「どのくらいで効果が無くなるか分からないけど、切れたら言って。またかけるから」

「うん、ありがと。でも、ＭＰとか大丈夫なの？」

「ああ、それなら自動魔力回復(オートマジックヒール)を覚えたから気兼ねなくどうぞ」

「ええっ⁉　自動魔力回復(オートマジックヒール)⁉　それも覚えちゃったの⁉」

彼女は腰を抜かすんじゃないかと思うくらい大袈裟(おおげさ)に驚いていた。

「それって三次職の賢者(ワイズマン)になってから覚えるスキルだよ？」

「え……⁇」

三次職⁉

これまで二次職のスキルを覚えるだけでも驚いていたが、それさえも飛び越えた⁉

と……とにかく、一旦落ち着こう……。

ついでに言うと、自動体力回復も覚えちゃってるんだけど、それは今はおいておこう。

「あ……あと、これも渡しておく」

俺はアイテムボックスから彼女に向けてトレード画面を開いた。

そこからさっきドロップしたばかりのカタカタの実を一個お裾分けする。

「えっ……これって……」

「持ってた方が安心だろ？」

「そうだけど……これ初期配布の？」

「いいや、さっきまで金稼ぎの為に狩ってたアダマンティエントからドロップしたんだ」

「ア、アダマンティエント!?」

ユーノは素っ頓狂な声を上げた。

「そ、そこで驚く!?」

「だ、だって、アダマンティエントって超レアなモンスターだよ？」

「え、そうなの??」

あの人面樹が？　そんなふうには見えなかったけどな！

モンスターは見た目じゃ判断出来ないってことか。

「この広いノインヴェルトの世界でも限定された極一部の範囲にしかポップしない激レア

モンスターなんだから」

「ほう」

だからカタカタの実みたいな貴重アイテムを落とすって訳か。

「じゃあ、俺そのアダマンティエントがポップする場所知ってるから、狩り放題じゃないか？」

「それは無理だよ」

「え？　なんで？」

「アダマンティエントのポップ場所は一定時間で移動するの。その場所も完全にランダムだから、この広い世界で、その時間と場所に遭遇しただけでもユウトは超ラッキーなんだよ？」

「そうなのか」

なんとなく狩ってたけど、すげー運が良かったたってことか。

言われてみれば、そんな絶好スポットに人が集まらない訳がないもんな。

「ともかく、カタカタの実はもう一つ持ってるから、それはユーノにあげるよ」

「え……こんな稀少アイテム、悪いよ……」

「でも、それがないと俺も安心してこの古代遺跡に潜れないからさ。それにあるものは有効に使おうよ」

「う、うん……じゃあ」

彼女は恐縮しながらもそれを受け取ってくれた。

「じゃあ行こうか」

「そうだね」

改めて仕切り直し。

俺達は二人揃って地下へと伸びる古代遺跡の中へと足を踏み入れた。

遺跡の内部はというと――、
いわゆるダンジョンという感じだった。各地にある祠とそう変わりはない様子。

石壁の曲がりくねった複雑な通路が長々と続く。

「こういう狭い空間では、弓使いは戦い難そうだな」

「そうだね。でも、狭い分、至近距離からの攻撃になり易いから命中率は上がるかも。例えばこんなふうに目の前に……って、出たぁぁぁぁぁっ!?」

俺と手をつなぎながら歩いていたユーノが、急に抱きついてきた。

「何？　どうした？」

言いながら彼女の視線の方向へ振り返ると、いつの間にかそこには石の体を持った巨体――ゴーレムが立っていた。

「おっ、早速出たな！」

その太い腕を振り上げ、俺達に襲いかかってくる。
ゴーレムは土属性のモンスターだ。
となると、弱点になる属性は〝風〟か。
でも俺、風系の魔法一つも覚えてないや。
仕方が無い。
火属性でいっか。
俺は毎度の如くファイアの魔法を放つ。
それだけで、燃え上がった火球がゴーレムの胴体に風穴を空けた。
「グゴォォォォォ……」
ゴーレムは低い叫びを上げながら、砂のようになって崩れて行く。
圧倒的な魔法攻撃力の高さで、すぐに終了。
【48ｐｔの経験値を獲得　10Ｇを手に入れた！】
【粘土×1、鉄鉱石×1　を手に入れた！】
そんな通知が視界の端に流れる。
格上のモンスターだけあって経験値はそこそこ貰えたが……。

金、少なっ！

どうやらこいつは普通のゴーレムだったようだ。

こんなんじゃ、デスハウンドの方がよっぽど美味(おい)しいなあ……。

ドロップアイテムとして粘土と鉄鉱石が出たけど、これは鍛冶士(ブラックスミス)とか錬金術士(アルケミスト)とか生産系の職業に需要のあるアイテムだろう。

けれど、そんなに高く売れそうなものでもなさそうだ。

「まあいいや、この調子でどんどん進もう。そのうちお目当てのモンスターに当たるかもしれないし」

「う、うん、そうだね……でもやっぱり、私の出番なさそう……」

彼女は引き攣(つ)った笑みを浮かべた。

そこから更に奥へと進むと、ゴーレムばかりが次々に湧いて出て来た。

まるで地下に眠るお宝を守る番人のようでもある。

そいつらを俺は魔法でバッタバッタと粉砕して行く。

自動魔力回復(オートマジックヒール)が効いているので休憩の必要も無い。

歩きながら視界に入ったゴーレム全てにファイアを放って進んで行く。

ノンストップバトル状態である。

途中、同じダンジョンに潜っていた別のパーティの横を通り過ぎた時があったが、その際、こんな声が耳に入ってきた。

「おい……今の二人……初期装備じゃなかったか？」

「まさか……そんな装備じゃ、この遺跡には挑めないだろ……」

「でも、見間違いじゃなければ……あいつらレベル8と11だったぜ……」

「「マジか……！」」

† † †

俺とユーノはゴーレムを倒しながらダンジョンを進んでいた。

ゴーレムが目の前に現れる度に俺が魔法で瞬殺しているので、彼女がダメージを負うという心配はほぼ無かった。

しかし、かれこれ数十体のゴーレムを倒して来ているが、一向にお目当てのネームドモンスターは現れない。

アイテムボックスに、いらない粘土と鉄鉱石が貯まっていくだけだ。

単調過ぎて、少し眠くなってきた……。

もう諦めて引き返そうかな？

なんて思い始めていた時だった。

前方の通路に結構な数のプレイヤー達が立ち止まっているのが見えてきた。

数にしたら十五人くらい。

装備や職業の比率からして、三、四パーティはあると思う。

この古代遺跡に挑むだけあって皆、それなりのレベルだったが、どういう訳か全員、その場に突っ立ったまま動かないのだ。

不思議に思った俺は、一番手前にいた気の良さそうなドワーフの人に話しかけてみた。

「あのーすみません」

「ん？」

「みなさん、ここで何してるんです？」

尋ねるとドワーフの彼は、疲れ切った顔で肩を竦めてみせた。

「何って、待ってるのさ」

「待ってる？」

「そう、ネームドモンスターがポップするのをね」

「はあ、なるほど」

そう言われて、ようやく合点が行った。

ネームドモンスターのような特別なモンスターは、貴重なアイテムや高額な装備をドロップしたりする為、滅多なことではお目にかかれない。

その反面、出現には規則性がある。

例えば、決まった場所の決まったポイントに1時間に一回ポップするとか、そういった感じ。

希少性が高いものは、それだけ競争率も高く、こんなふうに湧き待ちをすることが多々あるのだ。

それがクエスト達成に必要なアイテムだったりすると、順番待ちなんかも出来たりする。

「ちなみに、そのネームドっていうのは……？」

「グリッターゴーレム。なんでも高価なアイテムを落とすらしい」

そこで俺とユーノは顔を見合わせた。

恐らく、そいつが俺達の求めていたモンスターだ。

「やっと見つけた。じゃあ、これが順番待ちの列ってことですか？」

すると、ドワーフの彼は長い白髪の髭(ひげ)を撫(な)でながら、怪訝(けげん)な表情を見せる。

「あんた達もアレに挑戦する気か？」

「まあ、そんな所です」

「なら、諦めた方がいい」

「へ？」

思ってもみなかった答えが返ってきて、きょとんとしてしまった。

「どういう意味です？」

「あれを見れば分かるさ」

ドワーフの人が、プレイヤー達が作っている人垣の方を指差した。

なので俺はその人垣の隙間から奥を覗いてみた。

そこには、これまでの細い通路と違い、小部屋のような空間が広がっていた。

ダンジョンRPGなんかで言ったら、中ボスとか出てきそうな雰囲気のある部屋だ。

その部屋の中央に三人組のパーティが陣取っている。

見た所、騎士と大魔導師、盗賊の三人のようだ。

多分、あの場所に例のグリッターゴーレムが湧くのだろう。

彼らはそれを待っているといった様子。

だが、それのどこに諦める理由があるというのだろうか？

「彼らが何か？」

ドワーフの人に尋ねた。

すると彼は眉間に皺を寄せる。

「あいつら、あそこでずっと……ああしているのさ」

「ずっと……？」

「高額なドロップ品が出るもんだから、あの場所に陣取って自分達だけで独占してるんだ。

だが、ここにいる人達は皆、そのドロップ品が目当てじゃない」

「錬金術士(アルケミスト)へのクラスチェンジの条件に、グリッターゴーレムの討伐が含まれていて……それが必要な仲間の為(ため)に皆、ここにこうして来てるんだ」

「え……」

ドワーフの彼は目を細める。

「だが、奴(やつ)らは皆、レベル30台。文句を言いに行った奴らは、みんな返り討ちに遭ってしまってな……。なんとかして獲物を奪おうにも隙が無い。しかもネームドのポップ間隔は4時間ときてる……。だから皆、疲弊してしまって……諦めてログアウトする者もちらほら……」

彼は溜息(ためいき)を吐(つ)いて壁に寄りかかった。

「……」

まさかそんな事が起きているとは……。

てか、クラスチェンジとかいう重要なイベントに、そんな高額アイテムをドロップするモンスターを絡めるなよって、開発に言いたい。

後々、アップデートで修正入りそうな感じだが、今の所はそれが達成条件なのだから仕方が無い。

「ユウト……どうする？」

一連の事情を聞いていたユーノが、不安そうに尋ねてきた。

「そうだな……。せっかくここまで来たけど待つのもしんどいし……諦めて帰るかな」

4時間毎に1ポップだろ？

少なくともここには四パーティいるから、最低でも16時間待ちだ。

そんなの待ってられない。

やっぱり金稼ぎは堅実に行くべきだったな。

そんな訳で俺達はダンジョンから引き返すことにした。

ドワーフの人に礼を言って、その場を離れようとする。

その時だった。

「おい、なんか、おもしれーのがいるぞ」

小部屋の方から、こちらに向かってそんな声が上がったのだ。

その声が小部屋に陣取っている連中のものだと、すぐに分かった。

「なんだ、またネームド狙いが増えたのか？」

「違う違う、あれ見てみろよ」

盗賊(シーフ)が俺達のことを指差しながら、気怠(けだる)そうにする騎士(ナイト)に向かってそう伝えた。

すると騎士(ナイト)は、珍しいものを見るような視線を俺達に向けてきた。

「は？　初期装備じゃないか。どれどれ……レベル11と……8!?　ぶははっ！　なんだよ、よくそんな低レベルでここまで来られたな！」

騎士は噴き出していた。

「もしかして、高額アイテム狙いで目一杯背伸びして、必死になって辿り着いた口？　くく……残念っ！　おこぼれはありませんでしたー！」

「……」

騎士と盗賊は二人揃ってニヤニヤしながら俺達を見ていた。

すると、もう一人の仲間である大魔導師がこんな事を口にする。

「この機会に自身の身の程っていう奴を教えてやった方がいいんじゃないですかねえ？」

「ちげーねえ」

「一理ありだな」

他の二人も同意を示した。

そんな彼らを前に俺は思う。

これって、もしかして……面倒臭い奴に絡まれた？

「丁度、待ちが長すぎて退屈してたところなんだ。いい暇潰しになる」

騎士を先頭に、狩り場を占拠していたパーティが俺達に近付いて来る。

どうやら彼らは弱い者虐めが大好きらしい。

周囲にいた他のプレイヤーはとばっちりを受けまいと、蜘蛛の子を散らしたように退いて行く。

だが、そんな中で一人だけ前に出た者がいた。

俺達に色々教えてくれた、あのドワーフのおっさんだ。

(実際、中の人はおっさんじゃないかもしれないが、見た目が白髪の髭面なので)

「あ？　なんだてめぇは？　俺達とやるってのか？　レベル23のドワーフさんよ？」

盗賊の彼が食ってかかった。

「そんな気は無い。私はただ、こんなにレベル差のあるプレイヤーにまで手を出そうとするのはどうかと思っただけだ」

ドワーフの彼は俺達を庇うように前に立ちはだかる。

状況を知りたいが為に何気なく話しかけた彼だったが、結構正義感の強い人だったようだ。

するとそこで、盗賊の彼が持っていたナイフを取り出した。

「そうかい。なら、お前が先に死にな」

振りかざされたナイフに対し、ドワーフの彼は反撃の素振りを見せなかった。

恐らく、抵抗したところで勝てないと分かっているからだろう。

それよりも、この隙に俺達に逃げろと言ってくれているようにも映る。

こんないい人を放っておける訳ないじゃないか。

でも……このレベル差でいけるのか？

盗賊のナイフがドワーフの胸を突き破らんとする――、

その刹那だった。

俺は杖をかざし唱える。

「ファイア」

「は？」

傍で不意に唱えられた初級魔法に盗賊は気の抜けたような声を漏らした。

だが次の瞬間――、

火球が激しく燃え上がり、盗賊の体全体を包み込む。

「ほっ⁉　ほぎゃあぁぁぁぁぁぁぁっ‼」

彼は苦しみ藻掻きながら絶叫した。

瞬く間に炎は彼の体を焼き尽くし、この場から消え去ってしまう。

「な……」

ドワーフの彼は目の前で起こった出来事が上手く呑み込めず唖然としていた。

それは盗賊の仲間も同様で、

「な……なんだ、今のは……。キースが一撃でやられちまったぞ……。しかもレベル8の奴に……」

騎士(ナイト)は愕然(がくぜん)とした様子で棒立ちになっていた。

キースというのは恐らく、今は死んでしまったあの盗賊(シーフ)の名前だろう。

それにしてもレベル32の盗賊(シーフ)を一撃で倒してしまったぞ……。

我ながら、とんでもないぶっ壊れ性能だな。

「た……ただのファイアが……そんなに攻撃力が高い訳がありませんよ……。絶対おかしいです！」

冷静沈着そうに見えた大魔導師(ハイウイザード)の彼も動揺を隠せない様子。

「……攻撃力倍増のアイテムでも使ってるのか？」

「そんな程度の威力じゃありませんよ……あれは」

彼らの中で色々と推察が始まっていた。

「でも——」

と、騎士(ナイト)が続ける。

「所詮はレベル8の魔法使い(ウイザード)だ。防御力は大したことはない。先にぶった切ったもん勝ちよ！」

彼は唐突に攻撃を仕掛けてきた。

そこへ俺は再びファイアを放つ。

しかし、彼は重い鎧(よろい)を着た騎士(ナイト)とは思えない身軽さで火球を避ける。

そこはさすがレベル35と言った所か。

「へっ！　そんなの当たらなければいいだけの話よ！」

左右に避けながら間合いを詰めてきた彼は、俺に向かって大剣を振りかざす。

「これで終わりだぁっ！」

極厚の両手剣（トウハンドソード）が俺の額をかち割ろうとしたその瞬間、

「ロックバイト」

「っ!?　足が……！　動かねえ！」

騎士（ナイト）は、足下から盛り上がってきた牙の如（ごと）き岩に足を掴まれていた。

対象を噛（か）み殺す岩の魔法、ロックバイトだ。

「な、なんだこれは……!?」

岩は騎士（ナイト）の体に絡みつき、体ごと地中へ引きずり込む。

「う、うぎゃぁぁぁぁぁぁ……っ!!」

完全に地中に呑み込まれた騎士（ナイト）は、そのまま帰ってこなかった。

ロックバイト、初めて使ったけど凄（すご）いな……。

足下から狙うから気付かれにくいし。

なんて事を思っていると、残る最後の一人、大魔導師（ハイウィザード）の彼が何かに気付いたようでハッとした表情を見せた。

「この常識外れの威力……分かりましたよ。あなた、チーターですね！」

彼はぷるぷる震える手で俺を指差した。

なんか勝手なこと言い出したぞ……。

チーターじゃねえーっての。

まあ、明らかに度を超えたステータスであるとは思うけど……運営もちゃんと認めてるんだからチートではない。

「チートだってさ……」

「え、このゲーム、もう解析されちゃったの……？」

ほら、そんなこと言うから周りがザワついてきちゃったじゃないか。

「残念ながらチートじゃない。そう思うなら通報でも何でもしてくれ」

「むむ……」

チーターは垢BANされるのが一番困る訳で、それを自ら願うチーターはいない。

「そんな訳で、もういいだろ？　俺達もやる事があるからさ」

そもそも装備を買う為に、お金を貯めに来たんだ。

こんな所で油を売っている暇は無い。

だが、そこで馬鹿にされたと思ったのか、大魔導師の彼はブチ切れてしまったようだった。

「ぐぬぬ……いい気になりおって……。今、ここで大魔導師とただの魔法使いの格の違いを見せてあげますよ！」

そう言うと彼は懲りもせず魔法を放ってきた。

魔力が集束し、高熱源体が彼の体の前に生成される。

さすがは二次職だけあって、それなりに派手な魔法らしい。

「くたばりなさい！　エクスプロージョン！」

熱の塊が俺に向かって放たれた。

恐らくそれは、その名の通り、俺にぶち当たった所で大爆発を起こす魔法だ。

だが、そうなる前に俺はファイアを放った。

魔法レベル6に到達しているファイアと、魔法攻撃力550のステータスの高さを鑑みれば多分、レベル30の大魔導師が放つ魔法を上回れるはず。

「この期に及んで、ただのファイアだと⁉　ははっ、そんなもので私の魔法に打ち勝てるとでも……つっあぁっ⁉」

嘲笑おうとした表情が一瞬で凍り付いた。

俺の放ったファイアが、エクスプロージョンを呑み込んで打ち消したのだ。

「そ、そんな……馬鹿なぁぁぁぁぁっ⁉」

大魔導師はそのまま炎に包まれ、綺麗さっぱり燃やし尽くされてしまった。

その光景を前に順番待ちをしていたプレイヤー達は、しばし呆然としていたが、迷惑なパーティが一掃された現実を受け入れると、一斉に歓喜の声を上げる。

「うおぉぉぉっ……！」

「なんてことだ……」

「あいつらをいとも簡単に退けちまった……」

心配そうに見守っていたユーノも安堵の表情を浮かべていた。

と、そこで、視界の端にリザルトが表示される。

【367ptの経験値を獲得　2000Gを手に入れた！】

【ダイヤモンド鉱石×10を手に入れた！】

『パラッパッパッパー』

なんか色々、一気に来たぞ……。

まず、見慣れぬアイテムが気になる。

「ダイヤモンド鉱石……？　いかにも高価そうなアイテムだけど、これって……」

すると傍にいたユーノが目を見張るのが分かった。

「それだよ！　私が言ってたレアアイテムってやつ」

「なるほど」

これがネームドモンスターが落とすっていうアイテムか。

聞くところによると、グリッターゴーレムってのは鉱石の塊みたいな体をしているみたいだから、こういうアイテムなのかもな。

「ってことは……あいつらが所持していたものを奪ったって感じか。しかも十個」

「じゅっ……じゅじゅ、十個⁉」

ユーノは驚嘆の声を上げた。

「一個でも相当価値があるのに……それが十個⁉」

「ああ、十個だな。それだけ、あいつらがしこたま貯め込んでたってことだろ」

「ほへー……」

これはこのまま貰っちゃっても平気だよな。

俺がPvPで勝ち取った訳だし。

それにあそこでモンスターの湧き待ちをしているパーティの皆さんは、このアイテムが目当てな訳じゃなくて、討伐そのものが目的らしいから問題無いだろう。

「ていうか、俺達ってパーティ組んでる状態だから、ユーノもドロップアイテムを貰えてるんじゃないか？」

そこで彼女は首を横に振った。

「ううん……私の方には何も入ってないよ……」

「え……」

なんで俺だけ？

まあ、それなら後で彼女にもお裾分けしよう。

さて、このPvPで得たものはそれだけじゃない。

お金もそこそこ手に入ったが、経験値もかなり入った。

そのお陰でレベルアップしたのだ。

ちなみにユーノは現状維持。

恐らく俺の方がレベルが低いので、必要経験値が少ない為だろう。

という訳で、自分のステータスを確認してみた。

【ステータス】

名前：ユウト　LV：9　種族：ヒューマン　職業：魔法使い

HP：531／531　MP：729／729

物理攻撃：348　物理防御：399

魔法攻撃：603　魔法防御：587

敏捷(びんしょう)：391　器用：404　知力：452

【魔法】

ファイア〈火属性〉　Lv.7　UP!
クロスファイア〈火属性　全体攻撃〉　Lv.2
ヘルファイア〈火属性　全体攻撃〉　Lv.2
アイススピア〈氷属性〉　Lv.2
サンダー〈雷属性〉　Lv.1
ロックバイト〈土属性〉　Lv.2　UP!
アースクエイク〈土属性　全体攻撃〉　Lv.1
プロテクト〈土属性　付与〉　Lv.2　UP!
ハルシネーション〈闇属性〉　Lv.1　NEW!

【スキル】

鈍化(スロウ)　Lv.3
駿足(スイフト)　Lv.1
不可視(インビジブル)　Lv.1

隠密〈パッシブ〉　Lv.2　UP!
絶対詠唱〈パッシブ〉　Lv.1　NEW!
速読魔〈パッシブ〉　Lv.3　UP!
自動体力回復〈パッシブ〉　Lv.2　UP!
自動魔力回復〈パッシブ〉　Lv.2　UP!

いつものように基本ステータスが全体的にアップした模様。
魔法とスキルのレベルもいくつか上がってる。
新しい魔法はハルシネーションが増えた。
闇属性魔法らしい。
これって暗黒魔導師にクラスチェンジしないと覚えられない魔法じゃなかったっけ
……？

【ハルシネーション】〈闇属性〉
唱えた相手に仮想幻覚を見せ、行動を制限する。

それしか書いていない。

幻覚魔法ってことなんだろうけど、説明がシンプル過ぎて具体的な効果が分からない。
とにかく、レベル9で覚えるような魔法じゃないってことは確かだ。
他に増えたのは絶対詠唱（ナリファアイア）のスキル。
これもあんまり聞き慣れないスキルだが……。

【絶対詠唱（ナリファアイア）】〈パッシブ〉
魔法詠唱中に攻撃されても詠唱をキャンセルされない。
全ての中断攻撃を無効にする。但し、自身でのキャンセルは可。

唱えた魔法は絶対に発動するってことか。
なるほど、これは使えそうだ。
プロテクトなどは、物理防御力上昇が20％になっていた。
馬鹿にならない付与魔法になってきたぞ……。
後は速読魔（ファストスペル）と隠密（スニーク）がパッシブスキルに変わってる。
進化したのだろうか？
速読魔（ファストスペル）はまだしも、隠密（スニーク）がパッシブって……。
普段から気配が無い人になった!?　もしかして影が薄いから??

何はともあれ、これでスロットに一つ空きが出来た。

順調に育っているステータスにホクホクしていると、いつの間にかネームドモンスター待ちをしていた冒険者達に囲まれていることに気付く。

「ありがとう、助かったよ！」

「いやあ、この時が来るのを何時間待ったことか……君のお陰だ！」

「俺、もう錬金術士(アルケミスト)にクラスチェンジするのを諦めて、他の職業にしようかと悩んでたとこだったんだ。諦めなくてホント良かったよ！」

皆が皆、俺のことを称(たた)え、感謝してくれていた。

向こうから絡んできたので仕方無く相手しただけなんだけど……なんだか照れ臭いな。

すると、先ほど俺達のことを庇(かば)ってくれたドワーフのおっさんが満足げな笑みを浮かべているのが窺(うかが)えた。

「さっきはありがとうございました。俺達の為に……」

「いや、なあに、あいつらが許せなかっただけさ。それに結局は私の方が君達に助けられてしまったのだから。礼を言うべきはこちらの方だ」

どこまでも謙虚で優しい人だった。

「それはそうと、君は本当にレベル８なのか？　あいつらをいとも簡単に一掃してしまうなんて……」

「それはその……」

レベル8がレベル30台のプレイヤー三人を相手に勝利しただなんて、そんな光景を目の当たりにしたら誰しもが疑問に思うだろう。

俺もどんな理屈を述べたらいいものかと悩んでいると、ドワーフのおっさんの仲間と思しき剣士の青年が声をかけてきた。

「もしかして、あんた……神眼の持ち主なんじゃないか？」

「……神眼？」

俺よりも先にドワーフのおっさんが反応した。

「ほら、前作のアインズヴェルトで噂になっただろ？　例の勇者のことだよ」

「ああ、白焔の鷲獅子のことか」

――白焔の鷲獅子。

俺もアインズをプレイしていたから、その名前だけは聞いたことがある。

チート級の強さから、ゲーム内で勇者と呼ばれていたパーティのことだ。

正確なパーティの構成は謎に包まれていて不明だが、メンバー全員が途轍もない強さで、誰も倒したことのないアインズの最終ボスを討伐出来るのは彼ら白焔の鷲獅子だけではないかと言われていた。

そんな彼らが持っていたとされる究極のスキルが〝神眼〟だ。

モンスターの挙動の中に一フレームだけ存在するという弱点。それを見抜くことが出来るのが神眼スキルらしい。

しかし、本当にそんなスキルが存在するのかは疑わしい。噂にすぎない可能性もある。

そもそも公式には発表されていないし、もし存在しているとしても一部のプレイヤーにしか発現しない超激レアスキルってことになる。それはそれで色々問題があるだろう。

真実は分からないままだが、そんな噂が立つということは、そう思わせるだけの腕があるということだ。

で、俺もその神眼スキルを持ってるんじゃないかと疑われている訳だ……。

「あの強さはそうだろ？　ノインヴェルトでも存在してたんだな、神眼」

剣士（ソードマン）の青年は、既にその気だった。

「いやいや、それはあったらいいなーとは思いますけどね……」

「またまた、謙遜しちゃって！」

彼は楽しそうに肘で俺の脇腹を小突いてくる。

いや、本当に持ってないんだけど！

「まだレベル8ってことは成長が楽しみだな。近い将来、ノインヴェルトの最終ボスを倒すのは君かもしれないな。俺、こんな所で未来の勇者に会っちゃったよ。後でみんなに自慢しとこっ！　はっはっはっ」

「……」

なんかもう、そういう事になっちゃってるっぽいし、このまま神眼持ってる設定にズルズル行きそうな予感……。一度、否定しましたけども……。

と、そこで、

「えっ、ユウトって神眼スキル持ってるの!?」

今更ながら隣でユーノが本気で驚いていた。

いや、お前が驚いてどうするよ！

持ってないから！

それはそうと……最終ボスか。

どんなVRMMOでも、それを誰が一番最初に倒すかが注目されるものだ。

ある意味、全プレイヤーの憧れでもある。

サービス開始からそう経っていないノインヴェルトには、まだ最終ボスとシナリオは実装されていないと思うけど、俺もそこまで行きたいなあ。

そういえば最終ボスで思い出したけど、前作のアインズって結局、最終ボスが倒されないままサービスが終了してしまったんだよなー。

噂では白焔の鷲獅子が最終ボスに挑んだことがあったみたいなんだけど、その戦いの最中にパーティ全員のアバターが忽然と消えてしまったらしい。

消失といってもネットワークの不具合で強制ログアウトとか、そういうのじゃなくて、アカウントそのものが消えてしまったのだとか。

なんでそんな事になったのかは分からないが、それもあくまで噂なので、どこまでが真実かは不明のままだ。

ともあれ、目的であるレアアイテムは手に入ったことだし、そろそろ帰るか。

俺達はドワーフのおっさんと剣士の青年、そしてその場にいたパーティのみんなに別れを告げた。

「またどこかでー」

「ありがとー」

「いつか御礼をさせてねー」

彼らは俺達の姿が見えなくなるまで手を振ってくれていた。

古代遺跡出口までの帰り道、通路を歩きながらユーノと話す。

「町へ戻ったら早速、ドロップした例のアイテムを道具屋に売って換金しよう。そうしたら、半分ユーノに渡せるし」

「えっ、それは悪いよ。私、何もしてないし」

「パーティなんだから、やっぱり均等に山分けでしょ。この場所を教えてくれたのもユーノだしさ」

「じゃ、じゃあ……代わりにアレで貰おうっかな……」

「アレって……？」

ユーノは急に頬(ほお)を染めて、モジモジとし始めた。

「リアルでデートして」

「え……」

俺の人生には全く無縁の単語だったので、何のことだか一瞬、理解が遅れた。

「デートって、あのデートのこと？」

「そう、そのデート」

「そ、それは構わないけど……」

「やったー！」

ユーノは子供のように、はしゃいで飛び跳ねた。

「そんなんでいいのか？」

「うん」

俺からしたらここ最近、毎日一緒に下校してたから、それがデートっぽくもあると勝手に思い込んでいたが……。

どうやらそれはデートとは言わないようだ。

「でも……実際、何をするんだ？」

「一緒に遊んだり、ショッピングしたり、ご飯食べたりとか、そんな感じ」

「ほう……」

デート経験が皆無なのでよく分からないが、ラブコメ漫画やアニメに出てくるようなデートシーンを参考にすればいいのだろうか？

「じゃあ今度の日曜日でいい？」

「ああ」

「楽しみだね」

「うむ……」

という訳で、デートに関してはそれで決まり。

俺達は、そのまま出口へと急いだ。

† † †

——一時間後。

俺とユーノはディニスの町へ戻って来ていた。

町に到着するや否や、すぐに道具屋に駆け込む。

ダイヤモンド鉱石×10を換金する為だ。

すると道具屋の主人が刮目しながら、

「こいつを一度でこんなに持ってきたヤツは初めてだ……」

みたいな事を言って、金貨の入った革袋をカウンターの上に山積みにしてきた。

そしてこう付け加える。

「全部で100万Gだ」

「……」

俺は即座に頭の中で、リアルの財布が札束でパンパンに膨れ上がっている姿を想像してしまった。

一気に100万Gを手に入れた俺。

これをこのままリアルで使いたい所だけれど……。

その前に、更なる稼ぎの為の装備を整えておきたい。

そもそも装備品を買う為に、お金を貯め始めたのだし。

という訳で、その足で俺とユーノは町の武器屋へ向かった。

ディニスの武器屋は町の中央通りにある。

多くのプレイヤーが出入りしているので、すぐに分かった。

中は結構、広々としていて、ありとあらゆる職業に対応した装備品が陳列されていた。

さすが首都の武器屋だけあって充実しているようだ。

俺は早速、並んでいる商品の中から魔法使い（ウィザード）用の装備品を物色する。

とはいえ、レベル制限のある装備もあるので、それを踏まえた上で一番防御力の高い防具と、一番攻撃力の高い武器を選ぶ。

そうなってくると必然的に選択すべき装備の種類は大体、決まってくる。

実際、購入したのはこれだ。

【装備】
右手武器：アイアンロッド　左手武器：なし
頭：風切りの帽子　胴：旅人のローブ
手：ソリッドグローブ　脚：ウールボトム
足：ウイングブーツ　アクセサリー：なし

どうしてもレベルが低いうちは個性の無い装備になってしまうのは仕方が無い。

周囲を見回すと同じような組み合わせで着ている魔法使い（ウィザード）をよく見かける。

それでも初期装備よりは大分、マシになったと思う。

ようやく魔法使い（ウィザード）らしくなってきた。

これで締めて10万Gちょい。

まずまずの買い物だ。

左手武器は両手武器や盾が持てない魔法使いにとっては空きになっている。

代わりに特殊効果が付与されているアイテムが装備出来るらしいが、それは追々、探そうと思う。

俺の買い物はそんな所だが……。

彼女も一緒に、装備品を探していたはずだが……。

ユーノの方はどうだろう？

そう思って、その姿を見つけようと振り向いた直後だった。

「ユウト、どう？　これ。いいでしょ？」

ユーノが目の前でそう言ってきた。

彼女は買った装備を身に付けて、俺に披露しにきたのだ。

だが、その装備というのが……ちょっと普通じゃなかった。

「な……何、それ？」

「ふふふ、誰でも猫獣人族になれちゃう、ウェアキャット装備だにゃん♪」

そう言ってきた彼女の格好は、まさに猫獣人だった。

頭には猫耳、両手両足には肉球グローブとブーツ、体の装備はモコモコの毛皮がふんだんに使われ、お尻には尻尾まで生えている。

「だにゃん……て。まさかそれ……」

「買っちゃった」

「……」

俺は目が点になった。

てっきり今のレベルで最良の装備を揃えてくると思っていたから。

ウェアキャットというのは、このノインヴェルトオンラインで設定されている九つの種族の内の一つだ。

そのウェアキャット装備を身に付けると、他の種族でも猫獣人族の気分が味わえるというコスプレ装備のようなもの。

コスプレだから防御力はほぼ無いに等しく、戦闘向けと言うよりは町中で着て楽しむ装備になっている。

彼女はそれを買ってしまったらしい。

しかも、全身フルセットで。

「それって、見た目重視装備の割に結構高かった気がするけど……」

「うん、所持金、全部使っちゃった！」

「……」

なんと豪快な……。

「でも、どうするんだ？　装備を新調しないと、これから先の冒険で困るんじゃ……？
やっぱ、俺の金を少し分けて……」

「いいの、いいの」

「？」

彼女は猫手を振りながら言った。

「私、ちょっと前まではゲームはやり込んでこそ正義で、極めるのが楽しみだったんだけど、最近は少し変わったんだ」

「変わった？」

「ユウトとプレイし始めてから、この世界を一緒に楽しむことの方が大切に思えてきて……。なんか上手く言えないけど……そんな感じで……」

彼女は照れ臭そうにしている。

「それにユウトって、こういうの好きでしょ？」

「え……」

ユーノは改めて招き猫ポーズを決めてみせた。

確かにそういうのは嫌いじゃない……いや、寧ろ好きだ！

あと微妙に露出度が高い装備なので、目のやり場に困ってしまう。

「ま、まあ……確かに」

「ふふ」

素直に認めると、彼女は嬉しそうに微笑(ほほえ)んだ。

「ユウトも新しい装備、似合ってるよ」

「お、おう」

そう言われると、俺も妙に照れ臭くなるのだった。

† † †

◇オフライン◇

ここのところ毎日遅くまでノインヴェルトをやっているせいで寝不足気味。

なので今日は早めにログアウトした俺。

だが、眠りに入る前に確認しておかなければ……。

そう、財布のことだ。

普段使っているリュックの中から自分の財布を恐る恐る引っ張り出す。

「うお……」

持っただけで分かる、ズシリと来る重さ。

そっと中身を見てみると……。

「やば……」

そこには万札が束になってビッチリと詰まっていた。

所持金およそ108万Gの内、装備購入に約10万G使ったから、恐らくここには98万くらい入っているはず。

今の状態で、辛うじて財布に収まってはいるが……これ以上稼いだ場合、どうなるんだろう？

財布が破裂？　それとも入りきれない量は稼げない？

その辺も検証が必要だな。

しかし、この金……どうしよう？

今後、こんな感じで稼ぎ続けていたら、手元に置いておくのも不安になってくるし……。

銀行に預けるか？

「とりあえず、そうしよう」

日曜日に必要なデート資金＋αだけ手元に残し、残りは銀行に預金することにした。

【第6章】 人生初のデート

◇オフライン◇

日曜日。

予てから約束していた名雪さんとのデートの日だ。

とは言っても人生初のデートな訳で、一体、何をしたらいいのか分からない。

やっぱり映画とか、ショッピングとか、そんな感じか？

決まり切らないが、ともかく俺は待ち合わせ場所である駅前の広場へと向かった。

到着すると、事前に落ち合う場所として決めておいたモニュメントの前に彼女の姿を発見する。

だいぶ余裕を持って家を出てきたつもりだが、彼女の方が早かったらしい。

向こうも俺の姿に気付いたようで、はにかんでいた。

直後、俺のスマホが震える。

ユーノ『ごめん、待った？』

「それは俺の台詞だ」

「……」

名雪さんは恥ずかしそうに俯いた。

誘っておきながら、彼女も緊張しているらしい。

「それにしても……」

改めて彼女の姿を見つめる。

上品なワンピースに身を包んだ彼女は、俺の目にとても可愛く映った。

その視線に彼女も気付いたようで……。

ユーノ『変……？』

「いや、そういう訳では……。普段、制服姿しか見たことなかったから新鮮で……」

「……」

彼女はまたもやモジモジとしてしまう。

「それで、これからどこに行こうか？　映画とか？」

デートプランとして一般的で無難そうなものを伝えると、彼女はスマホをポチポチと弄り始めた。

ユーノ『大丈夫、私が考えてあるから』

「そ、そうなのか……」

それは助かるが、こういうのは任せてもいいものなのか？

だが、考えてくれているというのなら、それに従うのが最良だろう。

ユーノ『こっち』

行き先を伝えずに彼女から歩き始めた。

なので隣に並んで付いていく。

一体、どこへ行くのだろう？

そう思っている内に辺りの景色はホテル街へ。

なんだが、気まずい空気が流れてきたような気がするが……それを感じているのは俺だけか？

少し不安になってきた俺は尋ねてみた。

「ど……どこへ向かってるんだ？」

聞いた直後、名雪さんはあるホテルの目の前で立ち止まる。

ユーノ『ここ』

「ここ……って、俺の見間違いじゃなければ、これはラブホテルと呼ばれるものじゃないか？」

ユーノ『そう、私達は今日ここで結ばれるんだよ』

「……」

彼女は言った傍から顔を真っ赤にしてプルプル震えていた。

「だから、無理すんなって……」

なんでそう背伸びしたがるかな……。

自分でハードル上げて行くスタイル？

ユーノ『こっち……』

「……」

そう言うと彼女は、そそくさと歩き始めた。

どうやら通り道にホテルがあって、ただ言ってみたかっただけらしい。

紛らわしいぞ……。

そうこうしている内に、周囲の景色から高い建物が減り、住宅街らしき場所へと移り変わる。

本格的にどこへ向かってるのか分からなくなってきたぞ……。

そろそろちゃんと聞いておきたい所。

そう思っていた時だった。

彼女の足が再び止まった。

ユーノ『ここ』

「え……ここ？」

彼女が指し示したのは、ちょっと鄙（ひな）びた感じのアパートだった。

二階建てで全部で六室。
一人暮らしの大学生に需要がありそうな感じの見た目だ。
一応、デートという話。
どうあっても今の俺達に用事がありそうな場所には思えないが……。
「……どういうこと？」
さすがに意味が分からないので率直に尋ねた。
すると、名雪さんはこう答える。
ユーノ『ここ、私の家』
「え……」
デート初日。
俺はいきなり、彼女の自宅にお呼ばれすることになった……!?
本当にいいのか、こういうの!?
デートとしてはいきなり超上級者コースじゃないか??
とはいえ、家の前で突っ立っている訳にもいかず……。
「お、お邪魔します……」
俺は恐る恐る、名雪さんちの玄関に入った。
中は然程（さほど）、広くなく２Ｋといったところ。

ここで名雪さんは母親と二人暮らしをしているらしい。

ユーノ『ちなみに母は明日の夜まで帰ってこない』

「あ、そう」

ユーノ『ちなみに母は明日の夜まで帰ってこない』

「なんで二回言った!?」

どうもそこを強調したいらしい。

彼女が言うには、母親は仕事が忙しい人で家に居ることの方が少ないらしい。

だから、ほぼ一人で住んでいるようなものなのだとか。

家の中は雑然としていたが、それなりに整理が成されていて、生活感のある極普通の家に見えた。

俺は座卓のある部屋に通されると、名雪さんが出してくれたクッションに座る。

２Ｋなので、特に自分の部屋があるという訳でもなく、いつもここで彼女は過ごしているらしい。

「それで、どうして俺をここへ連れてきたわけ？」

すると彼女は恥ずかしそうにメッセージを送ってきた。

ユーノ『一緒に……ゲームがしたかったから』

「ゲーム？」

言われて周囲を見回すと、壁際にあるローボードの上に様々なゲーム機が置かれているのを見つけた。

「お……もしかしてこれ……ネクサスＤＣ⁉　あっ、こっちのこれはニンドスパワー64じゃないか⁉　４ＤＯレアル⁉　ハッタリタイガーとポポン＠マークスまである！」

そこにはＶＲ機が主流になる前の——俺達が生まれる以前に活躍した往年のゲーム機が並んでいた。

しかも、無いものは無いというくらい全てのコンシューマー機が揃っている気がする。

ユーノ『ユウトなら、これに反応してくれると思ってた』

確かに俺はＶＲゲーも大好きだが、新旧問わずゲームというものに目がない。

ユーノ『ソフトもこちらに揃っております』

そう言って彼女はキャビネットみたいな所を開けて見せてくれた。

中には色々な機種の有名作品からマイナー作品までが、ぎっちりと詰まっていた。

「おおっ」

なんというコレクション。

ソフトのチョイスからして中々のマニアっぷりだ。

本体も合わせたら金銭的にもかなりの額になるはず。

「これだけのものを揃えるのは結構大変だったんじゃないか？」

ユーノ『本体は全部、ネットフリマで買ったジャンク品。自分で修理したので、そんなにかかってない』

「え……」

するると彼女は戸棚の奥から電子工具の入った箱を取り出して見せてくれた。

なんと彼女、ゲーマーなだけでなく、技術系オタクでもあったのだ！

「マジで⁉」

よく見ればソフトのラインナップもマニアックではあるが、そこまでプレミアが付いているようなものはなかった。

しかし、一つ気になることがある。

「でも、なんで俺がこういうの好きだって知ってるんだ？」

ユーノ『ユウトを見ていれば分かる』

「そういうものか？」

なんかゲーム好きのオーラみたいなのが出てるのだろうか？

ユーノ『だから、これらを一緒にやりたくて……』

「お、いいね」

ユーノ『昔のゲームって二人プレイで楽しんだ方が面白い作品も多いし』

「それ分かる。多人数でワイワイやるのが楽しいんだけど、友達いないのが問題で……」

そこで互いに目が合い、同志！　みたいな雰囲気になる。

ユーノ『じゃあ早速、何からやる？』

「うーんとそうだな……ジェネシスドライブなんかがいいんじゃないか？　面白いソフトが多いし」

ユーノ『さすが、渋い所を選ぶね。じゃあ、それからやって行こう』

彼女は慣れた手付きで配線を行っていた。

しかし、初めてのデートが自宅でゲーム三昧とは……如何なものだろうか？

極普通の男女が行うデートでないことは確かだと思う。

でも、俺達らしいといえば、そうかもしれない。

ゲームデートとでも言おうか。

そんな訳で、つなぎ終わったジェネシスドライブで、まずは対戦格闘モノから始める。

これに思いの外、熱が入り、結構な時間をプレイ。

その後も様々な機種を取っ替え引っ替えしながらレトロゲーを楽しんだ。

気が付けば日はとっくに暮れ、夜になっていた。

二人共まだまだ遊び足りないといった雰囲気だったが、このまま続けていると完全にお泊まりコースになってしまう。

デート初日で彼女の家にお泊まりだなんて、さすがにマズい気もするので、そろそろ帰ることにした。

「もうだいぶ遅いから、そろそろお開きにしようか」

ユーノ『私、帰りたくないっ』

「ドラマなんかで別れ際にありそうな台詞だけど、間違ってるからな。君、既に帰ってるし」

「……」

ただ言ってみたかっただけのようだ。

ユーノ『お泊まり可』

「可でも遠慮する」

ユーノ『ぴえん』

「ぴえんとか言うな」

いくら本人がいいと言っても、親の居ぬ間に泊まるような勇気は俺には無い。

ユーノ『もっと、こうしていたかったな……』

隣に座る彼女はしんみりとした様子でそう言った。

「また遊びに来るよ。名雪さんさえ良ければね」

ユーノ『うん、そうだね。でも……それもいいんだけど、私の理想はね、ゲーミングハウスでユウトとまったり過ごすことなんだー』

「ゲーミングハウス⁇　って何？」

ユーノ『ゲーム好きの為の、ゲームをする為だけに造られた、ゲーム盛り沢山の家のことだよ』

「なんだか、分かるような……分からないような……。そういう家があるの？」

ユーノ『うん、一般的にはゲーム好きが住むシェアハウスみたいなものなんだけど……。大型モニターとか、高速回線とか、ゲーミングPCとか、設備が全部整っててゲーム三昧の暮らしが出来るの。そんな場所に住みながら、ずっとユウトとゲームしてたいなーって。あ、シェアハウスって言っても一緒に住むのはユウトだけだよ？』

なんて感じで高速でスマホに文字を打ち込みながら、彼女は頬を染めてモジモジとしていた。

「へえ、それは居心地が良さそうだな」

俺にとって今の家は決して過ごし易い場所ではない。

衣食住は保証されていても、両親にとって俺は煙たい存在でしかないのだから。

常日頃から早く自立して出て行ってくれとさえ言われている。

だから――、

そんな夢のような家があったら、俺も住みたいものだ。

でも、家賃とか高いんだろうなー……。

一高校生が毎月払えるような額じゃ……って、待てよ……。

今の俺ならゲーム内で家賃くらい稼げるんじゃないか？

それどころか、やる気になればゲーミングハウスそのものを買えちゃう⁇

居心地の悪い家を出ることが出来るなら、それもいいかもしれないな。

「よしっ、買っちゃおう」

ユーノ『へ？』

彼女は唐突に決意を固めた俺の隣できょとんとしていた。

ユーノ『買うって何を？』

「ゲーミングハウスだよ」

ユーノ『え……』

「ゲーム内でそれだけのお金を貯めるのは結構時間がかかるかもしれないけど、充分可能な気がするし」

ユーノ『本当に……？』

まさかそんな話になるとは思ってもみなかったんだろうな。彼女はまだ全てを受け止め切れていないようだ。

「時間や状況に囚(とら)われず、まったりと過ごしたいって言ってただろ？　購入してしまえば、周囲のことは気にせず二人だけの空間が得られると思うんだけど」

すると彼女は急にあわあわと狼狽え始め、震える指先でメッセージを入力した。

ユーノ『それって……プ、ププ、プロポーズってこと⁉』

「な、なんでそうなった⁉」

ユーノ『だって、二人で一つのお家に住むって、そういうことじゃ……？』

「⁉　言われてみればそんな気が……って、そもそもゲーミングハウスで一緒に過ごしたいって言い出したの名雪さんじゃん！」

ユーノ『えっ⁉　ってことは、私が先にプロポーズ⁉』

そこで名雪さんは傍にあったクッションで自分の顔を隠し、更に慌てた。

「そういう事を言ってるんじゃなくて！　ただ、そういうのもいいな……って」

「……」

すると彼女はクッションの端からそっと顔を覗かせて、コクリと頷いた。

ユーノ『うん、やってみよ。〝ミッション・二人だけのお家、獲得作戦〟』

「だな」

頷き返すと、互いに微笑み合った。

「そうと決まれば……」

俺は立ち上がると、名雪さんに目を向ける。

「この後、ノインヴェルトにログインするんだろ？」

ユーノ『そのつもり』

「じゃあそこで会おう」

ユーノ『うん』

「じゃあ俺、帰るよ。今日は楽しかった。ありがとう」

ユーノ『こちらこそ……ありがとう。私のわがままに付き合ってくれて……』

「一緒にゲームを遊びたいという気持ちは、決してワガママなんかじゃないさ」

「……」

名雪さんはハッとなった後、頬を染めた。

「それじゃ、俺はこれで」

「あっ……」

彼女が見送りに出そうになったので、俺は先に断った。

だが、そこで名雪さんが何か言いたそうにしているが分かった。

俺が家の外に出て、外灯の下を歩き始めようとした時、ポケットで着信音が鳴り響く。

ユーノ『また、一緒に遊ぼ』

それは何の変哲もない言葉だったが、そこには彼女の切なる思いが込められているような気がした。

それに対し俺は、短く『ああ』と返信するのだった。

† † †

帰り道。

俺は絶え間なく通る車のヘッドライトが照らす道を自宅に向かって歩いていた。

それにしても初めてのデートがどうなるのかと不安だったが、蓋を開けてみれば楽しい時間を過ごしただけだった。

今度行った時は何をプレイしようか？

また、彼女の家に行く楽しみが増えたな。

それに、当面の目標も出来た。家を買うっていう目標が。

どんな家がいいだろうか？　一軒家？　それともマンションの一室？

やっぱ、色々と内装や間取りに注文が出来る一軒家かな？

てか、そもそも高校生って家を買えるのか？　登記の問題とかどうなるんだろう？

その辺もちゃんと調べておかないとなー。

そんなふうに、まだ見ぬマイハウスに思いを馳(は)せている最中だった。

前方の車道でエンジンを吹かすようなけたたましい音が上がったのだ。

「なんだ⁇」

ちょっと普通ではないと感じ取った直後、
一台の車が急発進し、歩道を乗り上げ、突き進んでくる光景が視界に飛び込んできた。

「おい……嘘(うそ)だろ……」

歩道を歩いていた人達は暴走車に気付き、悲鳴を上げた。

「きゃあぁっ⁉」

「うわぁぁっ‼」

慌てふためいた人々が蜘蛛(くも)の子を散らすように走り始めた。

逃げる人達の合間を掠(かす)めながら暴走車がこちらに向かってくる。

身の危険を察知した俺も、すぐさま避けようとした。

だがその刹那、逃げ惑う人達に押されて転んでしまった少女の姿が目に留まった。

しかも、その少女の背後には既に暴走車が迫ってきている。

とても今から避けられる距離ではない。

あのままじゃ……。

そう思った瞬間、俺の体は勝手に動いていた。

すぐさま駿足(スイフト)スキルを使う。

直後、人が知覚出来ないような速さで駆け抜け、へたり込んでいる少女を抱きかかえる。

少女といっても俺と同い年くらいだ。

それでも軽々と持ち上げられたのはステータスによるところが大きいと思う。

ステータスに腕力という項目が無い為、不確定だけれど実際に筋力が上昇している感覚はある。

これに駿足（スイフト）スキルがあれば、このまま彼女を抱えて離脱することは可能だろう。

だが、俺達だけが避けたとしても暴走車を止めなければ被害が拡大してしまう。

なら、ここでなんとかするしかない。

こういう時は、そう——ロックバイト。

心で呟（つぶや）いた途端、地面から岩の牙が伸び、暴走する車を挟み込む。

岩が車体を食うように掴（つか）み上げ、タイヤが空転。

金属を引っ掻（か）き回したような不快な大音響と共に、ボディが紙のように凹（へこ）み、暴走車は動きを止めた。

直後、岩は魔力の粒子となって霧散する。

この騒動を周囲で目撃していた人達は皆、口をあんぐりと開けて立ち尽くしていた。

その中からチラホラと囁（ささや）き声が聞こえてくる。

「なんだ……今の……どうなったんだ……？」

「衝撃で歩道の舗装が捲れ上がったようにも見えたな……。それで急に止まったのか？」

「いや、あそこに立ってる道路標識にぶつかって止まったんじゃないか？」

「それにしても、あの二人……運が良かったたな」

色々と憶測が耳に入ってくるが、上手い具合に魔法のことはバレていなそうだった。

魔法を発動させたのはほんの一瞬で、すぐにキャンセルしたから視認するのは困難なはず。

それに普通の人間には魔法なんて常識では考えられないし、すぐにそんな発想には至らないだろうから。

それよりも今は目の前の少女だ。

虚ろな目で俺の腕に身を委ねている彼女に声をかける。

「おい、大丈夫か……って、あれ？」

すると、それが見知った顔だということに今更ながらに気付いた。

うちのクラスの委員長、綾野玲香、その人だったのだ。

なんという偶然だろう。

助ける方が優先で、顔を確認する暇なんてなかったからな……。

そんな彼女に怪我は無いようだが、まだ現実を把握し切れていないようで、ぼんやりとしていた。

「神先……くん？」

ようやく目の焦点が俺に合うと、彼女は周囲の状況に目を向ける。

そこには薙ぎ倒された店の看板や、潰れた車、そして多くの人々の視線があった。

それでやっと、状況を理解したようだった。

「わ、私……あれ？　そ、そうだ……歩いてたら急に周りの皆が悲鳴を上げて……。そしたら目の前に車が……って、もしかして……神先君が助けてくれたの？」

「まあ……偶然そういうことになっただけだけど」

「……」

彼女は俺のことをぼーっと見つめていたが……しばらくすると我に返り、どういう訳だか頬を赤らめる。

「その……ありがと……」

「ああ……うん」

照れ臭そうに言うその姿は、普段近付き難い雰囲気の彼女からしたら珍しい。

「そ、そういうことなら御礼をしないといけないわね」

「いやいや、別にそこまでしてもらわなくても。たまたま通り掛かっただけだし」

「いいえ、そういう訳にはいかないわ。私は義を重んじる人間なの」

「え……？」

そうなのか？　日頃、冷淡な空気を漂わせている彼女からしたら意外だな。

「という訳だから、神先君には御礼として私の彼氏にしてあげるわ」

「はぁっ⁉」

彼女の口から予想だにしてなかった話が出てきたものだから、思わず声が裏返ってしまった。

なんでそうなった⁉　てか、義はどこ行ったんだよ！　しかも謎の上から目線……。

「御礼というには、おかし過ぎるだろ」

「そうかしら？」

彼女は自分の発言になんら疑問を持っていないようだ。

「それに私、出来る人が大好きなの」

「それって……」

最近、勉強や運動で目覚ましい成績を残したからだろうか？

だとしたら打算的だな。

「最近の神先君の活躍には目を見張るものがあるわ。まさに私の隣に相応しい人間よ。今、私を助けてくれたことは、それを強く決定付けさせてくれたわ」

「はあ、そうですか」

俺は適当に受け流す。

綾野さんて、こういう人だったんだな。

なんだか助けたことを後悔しそうになった。

「という訳で、付き合ってあげてもいいわよ」

「断る」

「ふぁっ⁉」

彼女はまさか自分がフラれるという状況は、想像すらしたことが無かったのだろう。

何が起きたのかといった具合で目を丸くしていた。

俺には名雪さんがいるし当然の答えなのだが、もしそうで無かったとしてもやはり答えは同じだと思う。

「い、今……断る……って？」

「ああ、断る」

「そんな、まさか……私から誘っているのよ？」

「何度でも言うぞ。断る」

「ぐはっ……！」

ショックを受けすぎたのか彼女は胸を押さえて項垂れた。

「ど……どうして？」

この期に及んで「どうして？」ときたか。それなら仕方が無い。

「俺には既に付き合っている人がいるんだ。だから無理」

「……!?」

理由はそれだけじゃないけど、とりあえずは。

彼女は再びショックを受けたようで、体をビクッと震わせていた。

っていうか、綾野さんって、こんなキャラだったっけ？

「それってもしかして……名雪さん？」

「どうしてそれを？」

綾野さんは、やはりという顔を見せた。

「最近、一緒に帰ってるでしょ？　だからよ」

「なるほど」

まあ、特に隠したりはしていないし、急に揃って下校し始めたら目に留まるか。

「じゃあ尚のこと理解してくれると助かる」

「はう……」

「それより今は、そんな事を話している場合じゃないと思うけど？」

未だ周囲は暴走車の一件で騒然としている。

それに誰かが呼んでくれたのか警察と救急がやってきていた。

「君達、大丈夫か？　怪我は？」

駆け寄ってきた救急隊員が俺達に尋ねてくる。

「ああ、俺は平気です」

「私も何ともないわ」

「じゃあ、一応検査だけはしておこう。救急車に乗って」

そう勧められたが、魔法を使った件もある。

余計なことを詮索される前に立ち去りたい。

「俺は通り掛かっただけで、実際に被害を受けたのは彼女ですから。彼女を見てあげてください。じゃ」

俺はそう言い残すと、小走りで場を離れた。

「えっ……ちょっと、君！」

「か、神先君!?」

救急隊員と綾野さんの呼び止める声が背中から聞こえてきたが、俺は足を止めなかった。

去り際、色んな所が凹みまくった傷だらけの暴走車が目に入ってくる。

しかし、どういう訳か、運転手の姿が無いことに気が付く。

怪我が無いよう、できるだけ配慮してロックバイトを放ったつもりだけど……既に救急車で運ばれた？

いや、そんなはずはない。到着した救急車はまだ一台も場を離れてはいない。

じゃあ、どこに？

そう思っていた矢先、現場検証を行っている警察官の会話が聞こえてくる。

「おい、運転手は確認されてないのか？」

「ええ、複数の目撃者に聞き込みをしましたが、誰も車から人が出てきた所を見ていないと……」

「そんな馬鹿な……」

二人の警察官は神妙な面持ちで事故車を見つめていた。

人が乗ってなかった？　てことは車両故障での暴走？

それにしたって、ここまでになるか……？

俺は違和感を覚えながらも車両の横を通り過ぎ、家路に就いた。

†　†　†

◆オンライン◆

俺は家に着くなりノインヴェルトの世界へと潜った。

すぐに前回ログアウトした場所である、ディニスの街並みが視界に入ってくる。

「さて、まずはアイテムを整理……」

そう思ってステータス画面を開いた直後だった。

『パラッパッパッパー』

「おっと……」

聞き慣れたレベルアップの音が脳内に鳴り響いた。

こういうの前にもあったぞ……。

「こんな変なタイミングで来るのはどう考えても、アレしかないな……」

考えられるのは、暴走車から綾野さんを助けた事だ。

それ以外、経験値を稼げそうなイベントはリアルでは起きていない。

今日は一日中、名雪さんとゲームをしていただけだし。

レトロゲーをプレイした行為が経験値として加算されるとか、そんなのだったらビックリだけど、それはさすがにないだろう。

これまでの経験から何かを倒した時とか、成し得た時に経験値が発生しているように思える。

今回は恐らく、暴走車を倒したと判断されたのだろう。

早速、ステータスを確認してみる。

【ステータス】
名前：ユウト　ＬＶ：10　種族：ヒューマン　職業：魔法使い(ウィザード)
ＨＰ：603／603　ＭＰ：804／804
物理攻撃：411　物理防御：484
魔法攻撃：697　魔法防御：639
敏捷(びんしょう)：425　器用：473　知力：508

【魔法】
ファイア〈火属性〉　Ｌｖ．７
クロスファイア〈火属性　全体攻撃〉　Ｌｖ．２
ヘルファイア〈火属性　全体攻撃〉　Ｌｖ．２
ウインドカッター〈風属性〉　Ｌｖ．１　ＮＥＷ！
アイススピア〈氷属性〉　Ｌｖ．２
サンダー〈雷属性〉　Ｌｖ．１
ロックバイト〈土属性〉　Ｌｖ．３　ＵＰ！

アースクエイク〈土属性　全体攻撃〉　Lv.1
プロテクト〈土属性　付与〉　Lv.2
ハルシネーション〈闇属性〉　Lv.1
ダークマター・アブゾーブ〈闇属性〉　Lv.1　NEW!

【スキル】
鈍化(スロウ)　Lv.3
駿足(スイフト)　Lv.2　UP!
不可視(インビジブル)　Lv.1
盾撃(シールドバッシュ)　Lv.1　NEW!
隠密(スニーク)〈パッシブ〉　Lv.2
絶対詠唱(ナリファアイァ)〈パッシブ〉　Lv.2　UP!
速読魔(ファストスペル)〈パッシブ〉　Lv.4　UP!
自動体力回復(オートヒール)〈パッシブ〉　Lv.3　UP!
自動魔力回復(オートマジックヒール)〈パッシブ〉　Lv.3　UP!

今回も基本ステータスが大幅に上がっていた。

相変わらずレベル10とは思えない数値だ。
魔法では初めて風系の魔法が手に入った。

【ウインドカッター】
風の刃を放ち、対象を両断する魔法。
土属性モンスターに対して有効。

ファイア同様、風系では基本のような魔法だ。
それと今回はもう一つ、ダークマター・アブゾーブとかいう闇属性魔法が増えている。
名前からしてヤバめな感じがするが……。

【ダークマター・アブゾーブ】
空間にブラックホールを生成し、ありとあらゆるものを異空間へと葬り去る。

ほら、やっぱり危なそうな魔法だ。
しかも高レベル帯の暗黒魔導師（ダークウィザード）が使いそうだ。
新しく増えた魔法はその二つだが、スキルについては……違和感のあるものが増えている。

盾撃(シールドバッシュ)だ。


【盾撃(シールドバッシュ)】

盾を使った打撃技を放つ。攻撃を受けた対象は攻撃をキャンセルされる。ノックバック効果あり。


これって大盾が装備出来る聖騎士(パラディン)とかが修得するスキルじゃないか？

なんで魔法使い(ウィザード)の俺に……⁇

しかも俺、職業的に盾は装備出来ないぞ……。

こんなの、どうやって使えというのだろうか……？

そういえば既に活用している駿足(スイフト)スキルも本来は盗賊(シーフ)のスキルだ。

他職業のスキルもナチュラルに覚えてしまうなんて、一体どうなってるんだろうな……。

ともあれ、スロットに空きがあるので一応、盾撃(シールドバッシュ)を入れておくか。

増えた魔法とスキルはそれだけだが、今回、暴走車を止める際に使ったロックバイトや駿足(スイフト)スキルなどが軒並みレベルが上がっていた。

中でも自動体力回復(オートヒール)はとんでもないことになっていた。

【自動体力回復(オートヒール)】

フィールド上に於(お)いて移動中、戦闘中であってもＨＰが徐々に回復する。

スキルレベルに応じて回復量と速度がアップ。


なんと、戦闘中でも自動回復すると明示されていたのだ。

回復量はそこまで大きくはないだろうが、ダメージ受けた傍(そば)から回復だなんて有り難すぎる！

しかも自動魔力回復(オートマジックヒール)の方も同様にグレードアップしていた。これでＭＰ切れの心配が無くなった。

だいぶステータスにも余裕が出てきたことだし、ここらで隣国であるフロニカ王国方面に行ってみようか。

このステータスなら国境の手前にあるカルナ原生林まではソロでも大丈夫な気がする。

そういう訳で、俺は新装備に身を固めた姿でそこへ向かうことにした。


――数時間後。

俺はカルナ原生林の近くまで来ていた。

道中、モンスターを倒しながら進んだので稼ぎもだいぶ貯まってきている。

「やっぱり、この辺りのモンスターはディニス周辺より美味しいなー」

所持金は前回の稼ぎと合わせ、そろそろ120万Gに達しようとしていた。

そんなふうに金が増えるのは良いことなのだが……。

一つ気になることがある。

ユーノがログインしてくる気配が全く無いのだ。

「おかしいな……家を出る時に約束したはずだけど……」

でも、リアルで何か用事が出来たのかもしれない。

時間も遅くなってきているので、今からログインして来ることもなさそうだ。

なので俺は一旦、ディニスの街へと戻り、そこでログアウトすることにした。

†　†　†

◇オフライン◇

俺はログアウトするなり、アレを確認することにした。

そう、金だ。

この前と同じなら、今日、ゲーム内で稼いだ分が財布の中に入っているはず。

俺は期待に胸躍らせながら財布を広げてみた。

すると、

「……ん？」

違和感を覚える。

確かに、そこに万札が入ってはいるが、枚数が少ない気がする。

数えてみると10万円だった。

「おかしいぞ……これはこの前の……」

前回、１００万Ｇを稼ぎ所持金が計１０８万程になった時、10万を装備品購入に充て、残り98万円。その内、10万円を現金として手元に残し、あとの88万円は自分の銀行口座に預けたのだ。

今日の冒険で所持金が約１２０万Ｇになっていることから、ここには32万円ほどが入っていないとおかしい事になる。

しかし、財布の中身は取り置いておいた10万円のままだった。

「増えていない？　どういうことだ？」

リアルに反映するには何か条件が必要なのか？

いや、全てのステータスが同期（シンクロ）されている中で、それだけが特別だなんて有り得ない。

何か他に理由が――。

「あ……」

その時、不意に思い当たった。

スマホを手にすると、自分の銀行口座があるインターネットバンキングのアプリを立ち上げる。

ログインして、すぐに残高照会を行ってみた。

すると――、

【残高】
1、102、111円

「やっぱり」

今回、ゲーム内で稼いだ分がそのまま口座に反映されていた。

どうやら金を入金したことによって、銀行口座も俺の財布と判断されたっぽい。

紐付（ひもづ）けされたのなら、それはそれで便利だ。

しかし、そうなってくると気になることがある。

口座に入金があれば、入金元の口座名が取引内容に表示されるはずである。

この場合、誰から入金されたことになっているのだろうか？

ノインヴェルトの運営？

それともソフトウェア制作会社？

そこに俺のステータスがリアルと同期(シンクロ)した原因……その手掛かりがありそうな気がする。

俺は緊張に震える指先で、出入金明細の項目に触れた。


【お預け入れ】２２０、１１１円　【取引内容】振り込み（カンザキユウト）

「……は？」

振り込み依頼人名を目にして俺は一瞬、固まってしまった。

俺が俺に振り込んでるだと⁉

勿論(もちろん)だが、そんな筈(はず)はない。

じゃあ、同姓同名の誰か？

しかし、それも考えにくいし、同性同名の人が俺に振り込む理由も分からない。

俺自身がゲーム内で稼いだから、俺が振り込んだってことなのか⁇

何か分かればと思ったが、ただただ恐ろしくなっただけだった！

まあ……今の所、俺に不利益は無いことだし、見守っておくことにしよう。

それはともかく、時計を見ると既に午前三時。

今日も遅くまでノインヴェルトをやり過ぎてしまった。

そろそろ寝ないと、明日にも響きそうだ。

そんな訳で俺は眠りに就くことにした。

† † †

次の日――。

学校に行くと、名雪さんの姿がなかった。

いつもだったら、もう教室に居てもいい頃合いだ。

なのに居ない。

それでも遅れてやって来るのだろうと思っていたのだが、そうこうしている内に朝のホームルームが始まってしまった。

そのホームルームで知った事だが、担任が言うには名雪さんは家庭の事情で欠席とのこと。

家庭の事情……。

昨日、彼女の家を訪れた時には変わった様子は無かったけどな。

それに今日、学校に来られないなら、全てを話さないまでも俺に何か言ってくれていても良さそうなものだ。

ノインヴェルトもやる約束をしていたし、本人も普段通り登校するつもりだったと思う。

ということは、あの後、急な用事が発生したのだろう。

少し気掛かりだな。

それにしても彼女のいる学校生活がここのところ普通になっていたから、それが急にいなくなると、胸にぽっかりと穴が空いたようになってしまった。

それでも日常は変わらず流れ続け、時はあっと言う間に昼休み。

チャイムが鳴るなり、クラスメイトの男子生徒が俺の席に駆け寄ってきた。

「神先！　一緒に学食行こうぜー」

俺が同期(シンクロ)の力を手にして以来、こんなふうにクラスメイトから声を掛けられることが多くなった。

ただ、昼食に誘われるのは初めてのことだ。

「え、俺も一緒に行っていいの？」

「何言ってんだよ、当たり前だろ」

その生徒が答えると、更に周囲から数人の男子生徒が集まってくる。

「お前、いつも名雪さんと昼食べてるだろ？」

「え、ああ、まあ……」

バレてた！

まあ、綾野さんにもバレてたくらいだから、他の皆にも知られていてもおかしくはない。

「今日に限って一人じゃ寂しいんじゃないかと思ってな」

「たまには俺達と食おうぜ」

「みんな……」

どうやら俺のことを気遣ってくれているらしい。

嬉しい限りだ。

「じゃあ……お言葉に甘えて」

「決まりだな」

最初に声を掛けてきてくれた生徒がそう言うと、五人ほどでぞろぞろと移動を始める。

いつもコンビニで買ったパンを片手に、ぼっち飯が日常だった頃の俺から比べたら、この状況は凄い進化だ。

そのまま俺達は学食棟へと続く渡り廊下に差し掛かる。

その際に中庭の前を通るのだが、そこでふと気になる会話が聞こえてきた。

「ねえ、名雪さんがお休みなのって、やっぱりアレかな？」

「んー……有り得るかもね」

名雪さんのことを話題にしていたのだ。

声の主は中庭のベンチに座って弁当を広げている女子生徒達のもの。

あれは確か、うちのクラスの渋谷さんと佐山さんじゃ……？

何か事情を知っているのか？

二人の会話を聞きたい。

そう思った時には、すぐに行動に移っていた。

「ごめん、先行ってて！」

「おいっ、どこ行くんだ？」

「トイレ！」

急に逆方向に走り出した俺に男子生徒達は怪訝な表情を浮かべていたが、然程疑問にも思わなかったようで、そのまま学食棟の方へと向かって行った。

せっかく誘ってくれたのに残念だけど、今はこっちが優先だ。後から合流させてもらおう。

俺は中庭に面している植え込みの中に入り込むと、そこに身を潜める。

だが、彼女達は声を潜めたのか、ここからでは会話が上手く聞き取れない。

だからといって近付こうにもベンチの周りは遮蔽物が無く、それもままならない。

こういう時は……あのスキルだな。

初めて使うが、上手く行くだろうか？

俺は心の中で呟いた。

――不可視。

そのスキルを使った途端、足下から姿が消えて行くのが分かった。

おおっ、マジで消えたぞ。

リアルの透明人間に感動を覚える。

っと、姿が消えたことに感動している場合じゃなかった。

彼女達の声が聞こえる場所まで移動しないと。

俺は姿を消したまま彼女達が座るベンチの真後ろに移動した。

普通に会話をするような距離だ。

それでも彼女達は俺の存在には全く気が付いていない様子。

本当に消えているらしい。

ちなみに隠密スキルが常時発動しているので気配も悟られないはずだ。

このまま悪戯出来ちゃいそうだな……って、そんな事をやってる場合じゃない。

二人の会話に耳を傾けないと。

そのままそこでじっとしていると、彼女達は俺の存在など知る由もないといった感じで話し始めた。

「家庭の事情でお休み……って、中学の時も同じことがあったよね？」

「うん、あったあった。あの時は色々あって結局、有耶無耶にされちゃったんだよね」

中学校でも？

ってことは、この二人は名雪さんと同じ中学だったたってことか。

それに有耶無耶にされた……？　一体、何の事だろうか？

会話の行く末を見守っていると――、

渋谷さんの口から衝撃的な単語が発せられた。

「でも、確実にあったよね？　イジメ」

……！

この話の流れで行くと、名雪さんが中学でイジメに遭ってたってことか？

名雪さんの思わぬ過去に驚きながらも彼女達の会話は続く。

「うん、誰が主犯だったかは結局、分からないままだったけど……」

「ねー、謎だったよねー。普通はさ、当事者じゃなくても誰が誰をイジメてるかなんてクラスメイトの間では大体、分かるよね」

「だよねー。噂ではイジメてた奴の親が権力のある人物で揉み消したとかなんとか」

「学校側もイジメなんて存在しなかったたっていう見解を出したってことは、その噂も案外、真実かもね？」

「先生達も怖かったのかも……。何されるか分からないし、見なかったことにした方が楽な場合もあるしね」

「だとしても、ひどーい」

「確か、名雪さんが喋らなくなったのって、その時からだよね？」

「ああ、うん、そうかも。相当、酷いことされたんだろうね」

……。

名雪さんに、そういう過去があったのか……。

なんで喋れるのに喋らないのか、ずっと疑問に思ってたけど、それが関係していたんだな。

するとそこで佐山さんが、ふと頭上に疑問符を浮かべる。

「でも今回は、誰がイジメてるんだろう？」

「前回と同じ人物って可能性もあるんじゃない？」

「ってことは同じ中学の出身者？　それって、うちの高校結構な人数がいるよ？」

「あと考えられるのは、あの人かな……」

「あの人って誰よ？」

渋谷さんが意味深な言い方をして、それに佐山さんが食い付く。

「名雪さんってさ、イジメられ易い雰囲気を持ってるっていうかさ……ほら……実際、結構可愛いじゃない？」

「ああ、なるほど」

なるほど？

そこで、なるほどとは、どういう事だ？

名雪さんは俺が言うのもなんだが……可愛いとは思う。

それがイジメの原因に繋がるというのなら、考えられるのはアレくらいしか思い付かない。

嫉妬だ。

自分より可愛いことへの嫉妬。

それがイジメへと発展する。

ってことはイジメている奴は女子？

そう思った矢先、佐山さんが思わぬ所でズバリ名前を挙げてきた。

「じゃあ、綾野さんなんか怪しいね」

「あー有り得るかも」

綾野さんだって？

確かに彼女は気位が高くて、キツめな性格だが……学級委員長の彼女が？

あまり想像したくないが……。

「最近、綾野さんって神先君に気があるみたいじゃない？」

「うんうん」

そこで唐突に俺の名前が出てきて驚く。

「でも、神先君て最近、名雪さんと仲良いよね。あれ、絶対付き合ってるでしょ」

ええ、その通りです。

最早（もはや）、クラスメイトには周知の事実みたくなってしまっているようだ。

「プライドの高い綾野さんだから、それが面白く無いんじゃない？　絶対、自分の方が可愛いって思ってるし」

「あー言えてる。陰湿なイジメとかしそうな雰囲気あるし」

マジでか？

確かに暴走車から綾野さんを助けた時、彼女の告白を聞いた。

プライドが高いというのも概（おおむ）ね合っている。

だが、嫉妬心だけで本当に名雪さんへイジメを行っているのだろうか？

そもそも、今回の欠席をイジメと断定するのも早計な気もする。

やや不可解な点はあるものの、たった一日、欠席しただけだ。

彼女達の憶測に過ぎない場合だってある。

ともかく、綾野さん本人に探りを入れてみるのが一番早そうだな。

俺は不可視（インビジブル）のまま、その場をそっと離れた。

† † †

昼食を終えた後、俺はそれとなく綾野さんの行動を探ってみた。

学校にいる間は特に変わった様子は無く、普段と一緒。

まあ、噂通りの人間なら、こんな目立つ場所で尻尾を出すとは思えない。

ならば……という訳で学校が終わった後、彼女の後を付けてみることにした。

とはいえ、綾野さんは弓道部に所属しているらしく、部活が終わるのを待たなければならなかった。

にしても、きちんと部活動に打ち込んでいる辺り、優等生である綾野さんらしいな。

しかも弓道部とは、凛（りん）とした雰囲気の彼女にはしっくりくる。

「お疲れー」

弓道場の出口で身を潜めていると、女子部員達の声が聞こえてくる。

ようやく部活が終わったようだ。

「玲香、じゃあね」

「あ、うん」

見覚えのあるシルエット。

どうやら綾野さんが出てきたようだ。

俺は不可視（インビジブル）のスキルを駆使しながら彼女の後を追う。

しかもこの不可視（インビジブル）、スキルレベルが上がっているせいか、かなり長く効果を持続出来るようになっていた。

時折、物陰に隠れてリキャストタイムを取りながら尾行を続ける。

そのうち綾野さんが、とある二階建ての一軒家に入って行くのが見えた。

その家は敷地も広く、門構えもしっかりしていて、やや高級そうな雰囲気が漂っている。

建物に近付いて門柱を確認すると、そこには〝綾野〟という表札が掲げられていた。

間違い無い。彼女の家だ。

さてと……中に入るか……否か……。

悩んだ挙句、俺は二階を見上げた。

玄関は鍵が掛かってそうだし、ベランダからならもしかして……。

その場で軽くジャンプして、自分の跳躍力を確かめる。

体は羽のように軽い。

薄々感じていたが、行けるかもしれない。

今の俺は以前と比べたら物理攻撃力が二百倍以上になっている。

物理攻撃と言えば武器を使った攻撃やパンチなどの打撃が主だが……無論、キックだって立派な物理攻撃である。

ということは、それだけの脚力も当然あると推測出来る。

一般家屋の屋根くらいなら飛び乗れそうな気がする。

まあ、物は試しだ。

俺はバスケットゴールにジャンプシュートするぐらいの感覚で跳び上がった。

すると、体がふわりと浮き上がり、あっという間に二階の高さに到達する。

そのままベランダの内側に着地すると、背筋がゾワッとした。

うわー……すげぇ……。

行けそうだとは思ってたけど、これ人間としてヤバいレベルの跳躍力だろ……。

と、今はその事はさておき、問題は二階の窓だが……おっ、開いてる。これは運が良い。

さっそく窓に手を掛け、音を立てないよう慎重に中へ入る。

しめしめ……って、なんだか空き巣みたくなってきているのは気のせいか？

物凄い背徳感を覚えるが今は気にしないようにしておこう。

見方を変えればミッションをこなすクエストみたいなもの。そう思わないと挫けそうだ。

不可視と隠密スキルがあれば見つかる心配はほぼ無いとはいえ、少し緊張する。

入った先は両親の部屋なのか寝室のような場所だった。

室内はシンと静まり返っていて、人の気配があまり感じられない。

今現在、この家にいるのは綾野さん一人か？

それで……その綾野さんはどこだろう？

彼女の居場所を探すのは然程、苦労しなかった。

廊下に出て隣にある部屋へ向かうと、ご丁寧にドアの前に〝玲香の部屋〟というプレートが下がっていた。

ピンク色の少女趣味全開のそのプレートとロゴ。

綾野さんって、もっとクールなイメージだけど、こんなのが趣味か？

それはさておき、気付かれないようにそーっとドアを開けてみる。

すると、隙間の先に綾野さんの後ろ姿が見えた。

よし、見つけた。

と思ったのだが、ブラウスの肩から彼女の白い肌が覗いているのが見えて、着替え中だということに気が付いた。

のわぁっ⁉

俺は慌てて一旦、ドアを閉めた。

マズい、マズい……。

このまま、中に入ってもバレないだろうが、俺の良心がそれは止(や)めておけと言っている。

だから少し待って、ドアの音に気付かれないように中へ入った。

室内はフリルのついたカーテンやぬいぐるみが一杯で、こちらも少女趣味全開だった。

意外だな……。

部屋着に着替えた彼女は、背中を向けて机に向かっているようでドアの開閉には気付いていない。

そのままゆっくり彼女の背後に近付く。

帰宅早々、勉強か？

そう思いながら机の上を覗くと、そこには〝ラブラブ計画帳〟なる胡散臭(うさんくさ)いタイトルが手書きされたノートが置かれていた。

なんなんだ……これは。

「うふふ……うふふ……」

綾野さんは机に向かいながら独りで笑っている。

なんだよ……恐(こわ)いな……。

そんな綾野さんは、そのノートを開くと何かを書き始めた。

［○月×日（月）］

今日は優人とおしゃべりした♪

これは今日の日付だな。

って……優人って……まさか俺のことか？　漢字一緒だし……。

それに今日、彼女としゃべったか？

朝、綾野さんが「おはよ」って言ってきたから、それに返したのは覚えてるが……それのことじゃないよな？

そのノートは数行で書かれた日記のようになっていて、日付ごとにその日あった出来事や感想が書かれていた。

彼女がページをめくり始めたので少し日にちを遡って見てみる。

［○月×日（日）］

今日は暴走車に轢かれそうになった。

でも、優人が助けてくれた♪　かっこいいー！

その後、思い切って告白したけど、断られた（泣）

名雪さんと付き合ってることが確実に。

だけど、いいの。私は二人目でも。

暴走車の話が出てくるってことは、この優人は確実に俺だな……。
それはさておき、〝二人目でもいい〟とは……。
普段の綾野さんの言動と違って、こっちの彼女は随分と健気じゃないか。
それにこれを見る限りでは名雪さんへの嫉妬心は感じられない。

[○月×日（火）]
最近、優人は運動や勉強で大活躍♪
優人が本気を出し始めたら、クラスの女子達の注目が集まりだしちゃってライバルが一杯！　私、ピンチ！

これは球技大会と期末テスト後の日記だな。
それにしても……これが綾野さんの本心だとしたら、表の性格は一体……。

[○月×日（金）]
今日から高校生！　そこで奇跡的な出会いが♪
久し振りに優人と再会！　嬉しい！

でも……久し振りすぎて素直になれない……。どうしよう……。


最初の方まで遡ると、そんな事が書かれていた。

久し振りに……再会だって??

俺、綾野さんと前に会ったことなんてあったっけ？

記憶に無いぞ……。

疑問に思っていると、机の上に写真立てが置いてあることに気が付いた。

そこには幼稚園生だろうか？　幼い少年と少女が一緒に仲良く写っている写真が飾られていた。

ん？　この制服……俺が通ってた幼稚園のと同じだ。

それに、ここに写ってるのって……俺じゃね？

なんで、この写真が彼女の家に？

写真の中で俺の隣にいる子は〝こもりん〟だ。

仲良くしていたから、よく覚えている。

確かフルネームは小森(こもり)玲香……って、玲香!?　もしかして……。

俺は改めて綾野さんの顔をまじまじと見つめる。

素朴だった彼女からは、かなり垢抜(あかぬ)けた感じに変貌しているが、言われてみれば確かに面影がある。

なんらかの事情で苗字が変わったのだろう。彼女は……こもりんだ。

まさか、こんなラブコメの定番みたいな再会が、俺の身にも起きるとはな……。

ともあれ、彼女のラブラブ計画帳なる日記からは、綾野さんがイジメに関わっていたという形跡は見つからなかった。

名雪さんに対する嫉妬の念も感じられなかったし、その線は無さそうだ。

これ以上、身辺を探る必要もないだろう。

俺は安堵の息を吐くと彼女の部屋から退散し、隣の部屋に移動。

入ってきた窓から外へと出た。

【第7章】白焔の狼煙

◇オフライン◇

綾野さんが幼馴染みだったという思いがけない事実が発覚した後、俺は茜色に照らされた夕暮れ時の道をぼんやりと歩いていた。

気が付けば名雪さんが住むアパートの前。

なんだかちょっと気になって、ここまで来てしまったのだ。

俺は建物に目を向ける。遠目で見た感じ、変わった様子は無い。

それも当たり前か。見た目で建物に変化があったら、それはそれで問題だ。

名雪さんの家は二階の一番奥にある角部屋。

階段を上り、玄関の目の前まで行ってみる。

通路側には小さな小窓が一つだけあったが、中に明かりは点いていない。

物音もせず、静かで、人の気配を感じなかった。

試しにチャイムを鳴らしてみるも応答は無し。

ここにはいない？

ちなみに少し前にスマホから名雪さんに向けてメッセージを送ってみたけれど、返事が返ってこないどころか既読にもならなかった。

それだけ手が離せない状況ということだろう。

家庭の事情というのも思い切って担任に聞いてみたが、個人情報云々とか言われ詳しくは教えてもらえなかった。

親族の冠婚葬祭とかそういう感じなのかもしれない。

それにこれ以上、詮索するのもどうかと思う。まるでストーカーみたくなってきちゃってるし。

まあ、しばらくしたらまた学校で元気な姿を見せてくれるだろう。

そう結論付けると、俺は扉の前を離れた。

そのままアパートの階段を降りる。

すると――、
最後の一段を降りきったところで異様な空気を感じた。

なんだ……??

これまでの日常では感じなかった不思議な感覚。

これもステータスの上昇で感覚が鋭敏になっているのか？　それとも――。

その空気に吸い寄せられるように視線を上げる。

「……！」

と、そこで俺の目が釘付けになった。

俺が瞳を向けた先。

そこには道路の真ん中に佇む一人の少年の姿があった。

ただ、普通の少年ならばそんなことにはならないだろう。

俺がどうしてもその少年に惹き付けられた理由。それは彼の容姿にあった。

青白い髪に幼い顔立ち、そして夕日を浴びて紅く染まる白のフードマント。

その姿を見て、すぐに思った。

俺は、彼に会ったことがある。

しかもそれは現実ではない。

そう――ゲームの中でだ。

忘れはしない。祠の中に存在していたバグをシステムが自動修復しているような空間。

その場所をデフラグ領域だと教えてくれたのが彼だ。

だが、彼はゲームの中のアバター。その姿と寸分違わない人間がこの現実に存在するはずもない。

「君は……」

少年はフードを上げると、金色の眼で俺を見つめてくる。

「あの時以来だね」

「……」

容姿だけでなく声もゲームの中と同じだった。

「ふふ、随分驚いているようだね。そうさ、僕はゲームの中で君と会っている」

「そんな……だって、あれはゲームじゃ……」

「ふふっ」

そこで少年は苦笑した。

「面白いことを言うね。君だってゲームの中の人間とたいして変わらないじゃないか」

「……！」

背筋に電撃が走った。

彼は俺のステータス同期（シンクロ）を知っている！

ということは、もしや彼も……？

「君は一体……」

「僕の名前はアルヴィ。白焔の鷲獅子（じゅじし）の一人さ」

「白焔の鷲獅子……！　あの……勇者の？」

「知ってくれているとは光栄だね」

「……」

白焔の鷲獅子――。前作、アインズヴェルトで最終ボスに挑むも忽然と姿を消した謎のパーティ。その一人が彼だというのか。

俺も噂だけでしか聞いたことがなかったから、その容姿までは知らなかった。

それにオンラインゲームという特性上、見た目の情報に確実性は無い。

しかし、その彼がなぜここに？

俺の同期の力を知っているようだし、彼がここに現れたのはその事に関係している？

するとアルヴィと名乗った少年は、俺を誘うように身を翻す。

「ここじゃ人目に付く。場所を変えよう」

確かに人通りは少ないとはいえ、ここは住宅街のど真ん中だ。

道端で話していてもそれなりに声は通る。

それに自分の身の上に起きていることを知りたい。

俺はその誘いを受け入れることにした。

† † †

少年に先導されてやってきたのは町外れにある倉庫街だった。

とは言ってもこの辺りの倉庫は使われていないものばかりで廃墟と言って等しい。

錆び付いたトタン屋根、穴の空いた壁、放置され腐食した資材。

そんなものばかりが目に付く。

ここなら確かに人目を気にする必要の無い場所だが、わざわざこんな場所にまで連れてきて何をしようというのだろうか？

人目を避けて会話をするだけなら、その辺の公園でもよさそうなものだ。

ちなみにここに来るまで、彼との間に会話は一切無かった。

何か話しかけられるような雰囲気でもなかったし、向こうも求めていないように思えた。

「さて、この辺でいいだろう」

「……」

アルヴィは廃屋が建ち並ぶ中に突如現れた、広い空き地のど真ん中で足を止めた。

彼は俺を見据えると、こう口にする。

「最初に言っておく。僕は君とおしゃべりをする為に現れた訳じゃないんだ」

じゃあ、彼は一体、何の為に接触を試みてきたというのだろうか？

するとアルヴィは、こちらの内心が分かっているかのように微笑んだ。

「じゃあ一体、何の為に？　そう思っているのだろ？」

「……」

「僕は回りくどい言い方は好きじゃないので率直に言わせてもらうよ」

そこで彼の口角が上がるのが分かった。

「僕は——君を殺しにきたのさ」

「……！」

途端、俺を見つめていた金色の眼が獲物を狙う蛇のような眼光を放つ。

俺は身の危険を感じて反射的に距離を取って身構えた。

俺を殺しに……だって!?　何で？

順当に考えたら俺が持っている同期(シンクロ)の力が関与している可能性が高い。

こんな力が現実で使えるんだ。これまでの摂理を超越するようなヤバいものだってことくらいの自覚はある。

だが、その俺をいきなり殺すだって？　さすがそれは穏やかじゃない。

それに、そんな事を平然と言って退(の)ける彼は何者なんだ？

「僕があの時、君の前に現れたのは君が本当に同期者(シンクロナイザー)なのかを確かめる為」

あの時とは、デフラグ領域でのことを言っているのだろう。

あそこでも同期者(シンクロナイザー)という名称を見た。

俺みたいな者のことをそう呼ぶのか？

「そして、それは暴走車を差し向けることで確定された」

「暴走車……あれは君が……？」

綾野さんを襲ったあの暴走車。そこに運転手の姿は無かったが……。

「あれくらいならハッキングすれば簡単に操れるさ」

「ハッキング……だって？」

「まあ普通の人間なら無理だろうけど、僕なら容易(たやす)いこと」

「……」

確かに昨今の自動車にはネットワークに接続している車種も存在している。それはナビゲーションや各種ネットワークサービスを利用する為だが、中には自動運転機能の為に使われているものもある。

そこを乗っ取れば、理論上は運転手無しでも車を走らせる事は可能だ。しかし、そんな事が容易に行えてしまったら世の中は大変な事態に陥る。そもそもがそんな甘いセキュリティーではないはずだ。

もし彼の言っていることが本当なら、ネットワークに接続している車種全てにリコールをかけないといけなくなるだろう。

ハッキングの真偽は定かではないが、実際に無人の車が暴走したのは事実。

わざと騒動を起こして、俺を試したのか……。

だが、俺がその同期者(シンクロナイザー)だからと言って、それで殺されてはたまったもんじゃない。理由ぐらい聞きたいじゃないか。

しかし、既に彼は動き出していた。

「さあ、僕達の為に死んでくれ」

僕達？　他にも彼のような存在が？

そう思うや否や、アルヴィは自分の胸前に手を持ってきていた。

直後、その手に目映(まばゆ)い光が集まり始める。

あの光の粒が集束してゆく感じ、見覚えがあるぞ……。

あれはゲームと同じ……。まさか……魔法!?

やっぱり彼も同期者(シンクロナイザー)なのか!?

いや、そうじゃないと殺しに来たとか言い出さないよな。

アルヴィの口元に笑みが浮かんだその刹那、彼の姿が消えた。

「っ!?」

次の瞬間、俺の背後に彼の姿が再び浮かび上がる。

駿足(スイフト)スキル!?　いや、それよりも速い！

光を帯びた彼の手刀が俺の頭目掛けて振り下ろされる。

それにすぐさま反応した俺は上半身を反らしてかわし、強めに地面を蹴って離脱する。

空を切った手刀はそのまま地面を砕き、陥没した箇所はまるで鉄を溶かしたように真っ赤な色を滾(たぎ)らせていた。

「……」

あの手刀……熱系の魔法が付与されているのか……？

つーか、今のはヤバかった。

一瞬でも判断が遅れていたら、俺の頭がああなっていたところだ。

砕けた地面を見ながらそう思う。

「ふーん、こちらが思っているより成長が早いみたいだね。なら、こっちも本気でやらないとかな」

アルヴィは先ほどの光を両手に宿し、高熱を発する光球を作り出す。

あれは……！

俺はその魔法を知っている。前作、アインズヴェルトで魔導師が使う最上位魔法――、プロミネンス・ノヴァだ。

現実であんな魔法を食らったら一溜まり（ひとたまり）も無い。

こちらも魔法を使わないと四の五の言ってられない状況だ。

でも、どうする？

俺の持っている攻撃魔法で一番レベルが高く、攻撃力が高いのはただのファイアだ。

そんな初級魔法であれに対抗出来るのか？

「さあ、今度こそ溶けて無くなれ！」

「……！」

力を蓄えた光球が放たれようとした時、俺は心で唱えた。

そうだ、一つで無理なら、組み合わせればいい。

――鈍化（スロウ）！

「なっ……!?」

途端、放ちかけたアルヴィの手が止まる。

「これは……鈍化（スロウ）スキル!?　でも……それにしては動作が重すぎる……っ」

俺の鈍化（スロウ）スキルはレベル３。知力と敏捷（びんしょう）を30％も減少させる。

大魔法ほど発動までの時間は長いから、その力は大きくなり、かなりの影響を及ぼすはずだ。

この隙にアルヴィが掲げる光球に向かってファイアの魔法を放つ。

「ファイア！」

「ファイアだって？　そんなもので……」

「ファイア！」

「っ!?」

俺は立て続けにファイアを放った。

これにアルヴィは瞠目（どうもく）する。

「いっ……いくら初級魔法だからって、そんなにリキャストが早い訳がっ……！」

俺がこんなにも立て続けに魔法を放てるのはレベル4になった速読魔(ファストスペル)スキルのお陰だ。

そしてレベル3の自動魔力回復(オートマジックヒール)によって、ファイアくらいなら戦闘中でもＭＰの残量を気にせず何発だって撃てる。

題して、一発で敵(かな)いそうにないなら数を放て作戦だ。

しかし、俺が三発目を放とうとしたところで、向こうの詠唱が完了する。

「ふざけるなっ……このっ！」

放たれた光球は一つにまとまり、加速する。

その熱の塊に向かって俺が放った三発のファイアが呑(の)み込まれて行く。

「ははっ、そんなチープな魔法、いくら数を撃ったところで僕のプロミネンス・ノヴァに敵うはずが……………なっ⁉」

高笑いをしたはずだったアルヴィの表情が硬直する。

呑み込まれたはずのファイアが光球の内部から弾け、彼が放った魔法を消滅させたのだ。

「うっ……⁉」

「くっ……！」

爆風が辺りに巻き起こり、廃墟のトタン屋根や資材が吹き飛ばされ足下に散乱する。

大魔法の割に衝撃が少なかったのは、同等に近いエネルギーで打ち消し合ったからだ。

「相殺した……だって!?」

アルヴィは信じられないといった様子で立ち尽くしていた。

ふぅ……危ない危ない。三発でギリギリ相殺出来た。

速読魔（ファストスペル）のレベルがあと1低かったらヤバかったな。

しかし、これで少しの間が出来た。彼も一旦、攻撃の手を止めている。

ここで同じ同期者（シンクロナイザー）として、何か情報を引き出せないだろうか？

この力は一体、何の為にあるのか？

どういう仕組みでこの力が発動しているのか？

彼以外にも同期者（シンクロナイザー）はいるのか？

聞きたいことは山ほどある。

だが、こちらが尋ねる前に、アルヴィは肩を揺らし笑い始めた。

「くくく……」

「？」

「まさかここまでとは、予想以上だよ。いや、ここまでは想定内か。その為にわざわざ保険をかけておいたんだからね」

「保険？　何のことだ？」

「まだ気付いていてなかったのかい？　あれを見なよ」

彼はそう言うと視線を斜め上の上空に向けた。

それに釣られるように俺もそこへ視線を移す。

視界に捉えたものがなんなのかを理解した途端、心臓を握り潰されたような感覚に陥った。

「あれは……まさかっ⁉」

視線の先にあったもの。それは資材を吊す為の水平式タワークレーン。

そのブーム部分に立つ人影がある。

力無く、項垂れている少女――。

それは――名雪さんだった。

「お前……！」

俺は強い眼光をアルヴィに向けた。

彼女にあんな事をしたのは目の前にいるこいつ以外にはいない。

「すまないね。僕もこんな卑怯な手は使いたくないのだけど、確実に君を仕留めるには、念には念を入れておく必要があると思ってさ。身辺を調べさせてもらったよ」

アルヴィは全く悪びれる様子もなく、さも楽しそうに言って退けた。

俺は過去を振り返る。

思えばデートの日の晩、ノインヴェルトで会う約束をしていたのにもかかわらず、彼女はログインしてこなかった。

名雪さんはそういう所はきちんとしていて、急な用事でログイン出来なくなったのなら、ちゃんと連絡をくれる人だということを知っている。

それが無かったということは、少なくともその時には彼女の身に災いが降りかかっていたということだ。

いつからあそこで、そうしていたのかは分からないが、あまりにも惨い仕打ち。

その遣り口に憤りを覚える。

「彼女は関係無い」

「関係無い？　ふっ、常套句だね。本当に関係が無いのなら、そんな台詞は出てこないはずだよ？　だって、気にせず放っておけばいいんだから。関係無いのだし。ふふっ」

「……」

俺と彼女は関係大ありだけど、同期とは無関係だと言いたい。

つまり悪は悪でも線引きの無い奴か……。

となれば俺がまずすべき事は可能な限り時間を稼ぎ、この状況を打開する為の策を考え出すこと。

こちらが思考を巡らせている最中、アルヴィは人質を手にしている優位的状況にある事で気分が高揚しているのか、余裕の態度を見せる。

「それに――、あー……あー……こほん……」

彼はこれ見よがしに咳払いをすると――、

『お世話になっております。名雪悠乃の母です』

「!?」

それは彼の口から出たとは思えない大人の女性の声だった。

しかも声真似とかそういうレベルではない。まるで録音された別人の声のように聞こえた。

目を見張る俺に、彼は得意気に言う。

「ただの音声合成だよ。こんな事までして手に入れた人質だからね。ちゃんと役に立ってもらわないと」

ただの音声合成？　そうは言っても何か機材を使っているようにも見えないし、彼の口から発声されていたようにしか聞こえなかった。

ただ理解出来たのは、彼はその声で学校に連絡し、名雪さんの欠席を装ったということだ。

「さて、前置きはこれくらいにして、そろそろ終わりにしようか」

アルヴィは企みに満ちた顔でほくそ笑むと、何かの合図なのかパチンと指を鳴らした。

すると、クレーンの上にいる名雪さんの背後にもう一つの影が浮かび上がる。

仲間がいるのか？

そう思った直後、俺は瞠目した。

現れたのは制服姿の少年。しかも、その顔に見覚えがある。

「あいつは……！」

それはクラスメイトの須田京也だったのだ。

京也は俺の驚く顔を見るなり、さも楽しそうに笑う。

そしてアルヴィもまた愉悦していた。

「彼は君に強い嫉妬心を抱いているようだったからね。喜んで協力してくれると思って誘ってみたんだよ」

「……」

俺は唖然とした。まさか、こんな所で顔見知りが現れるとは思ってもみなかったからだ。

しかも彼の嫉妬心まで把握しているということは、校内に潜伏していた可能性もある。

例えば、俺のように不可視スキルを使ったりとか？

アルヴィが持つ能力に思考を働かせていると、京也がクレーンの上で吠える。

「か、神先っ！　俺から何もかも奪った上に……綾野まで奪うからこんな事になるんだ！　ぜっ、全部、お前がいけないんだぞ！」

若干、声が震えているように思えるのは多少なりとも自分がやっている事を理解しているということか？

だとしてもプライドの高い彼のことだ、追い込まれたら何をしでかすか分からない。

そこは注意しておかなければ。

アルヴィは続ける。

「彼には僕が合図したら彼女をあそこから突き落とすようにと言ってある。あの高さから落ちれば当然、彼女の体は叩(たた)き付けたトマトのようにグチャグチャになるだろうね」

「……」

彼の言う通り、あの高所から落ちれば助かる見込みはほぼ無いだろう。

そして次に彼が言わんとすることは大方、予測出来る。

「そこで提案だ。君が無抵抗で僕に殺されてくれるのなら、あの子の身の安全を保証しようじゃないか」

やはりそうきたか。だが、その言葉はもちろん、信用出来たものじゃない。

「せめて殺される理由くらいは知りたいものだが」

「その力は君には過ぎたものだから──とでも言っておくよ」

確かにこの力は普通じゃない。現実の人間が持っていてもいいようなものじゃないだろう。だが──お前もな！　と言いたい。寧(むし)ろ危険なのはそっちだろって話だ。

言いたい事は山ほどあるが、ここは素直に従う方が賢明だろうか？

何より彼女の命がかかっているのだから。

俺は両手を下ろし、無防備な状態で立ち尽くした。

「ふーん、思っていたよりも聞き分けがいいじゃないか。あの女にそこまでの価値があるとは思えないけどね」

「……」

「それじゃ遠慮無く、やらせてもらうよ」

そう言うとアルヴィは閃光を放つ熱の塊を両手に宿す。

再び、プロミネンス・ノヴァを撃つ気だ。

さっきはファイアで相殺したが、今度はそうはいかない。いくら魔法防御力が高いからといって、あれを無抵抗で受けたらただでは済まないだろう。

「これで、さよならだ」

アルヴィは勝利を確信したような笑みを浮かべる――――その刹那だ。

「待って……!!」

「！」

辺りに高い声が響き渡った。

俺はすぐにクレーンを見上げる。

まさか、名雪さん!?

彼女が、ここまで通る声を上げたことにびっくりした。

しかも驚いたのはそれだけじゃない。

カツーン……カツーン……と、夜空に金属を踏み締める足音が響く。

それは名雪さんが自らの足で一歩、また一歩とクレーンの先端に向かって進んでいる足音だった。

「お……おいっ……⁉　お前っ……」

彼女の背後にいた京也が戸惑いの声を上げる。

「なっ、何をする気だい……？　まさか……！」

震える足で必死に前へと進む彼女の姿に、アルヴィもその意味を理解したようだった。

「人質としての価値を自ら捨て、目の前のこいつを救おうってのかい？　馬鹿げてるよ、なぜそこまでして」

「名雪さんっ……！」

俺は空に向かって叫んだ。

彼女が死んでしまったら——そう考えると、胸がえぐられるような痛みを覚える。

「いいだろう。そんなに死にたいのなら、さっさと終わらせてあげるよ。さあ、やってしまえ」

アルヴィは人質としての価値を失ったと判断したのか、彼女の行動を待つまでもなく京也に命を下す。

だが、当の彼はここに来て怖じ気づいたのか行動がぎこちない。

「よ、よし……やってやる……やってやるさ！　お前の一番大事なものを奪ってやる……。それでお前もいなくなれば……綾野は俺のことを……！」

京也は足をもたつかせながらも名雪さんの背後からゆっくりと近付く。

その光景を目の当たりにした時、俺の中にあるものが降ってくる。

それを得た途端、自然と笑みが溢れていた。

「フフッ……」

「？」

突然、肩を震わせ笑い出した俺に、アルヴィは怪訝な表情を見せる。

「……急にどうしたのさ？　まさか、彼女の死を間近に感じて正気を失ったのかい？」

「フフ……」

それでも笑い続ける俺に、彼は嫌気が差したようだった。

「最早、自暴自棄になったという訳か。なら望み通り、君もあの世に送ってやるよ！」

言い放つと、彼は紡ぎ出していた魔法を解き放った。

†　†　†

アルヴィは勝利の感触に震えていた。

クレーンの真下には、真っ赤な鮮血と肉塊が花火のように飛び散っているのが見える。

もちろん、あの女のものだ。

——まったく馬鹿な女だ。

そこまでしたところで結果など変わりはしないのだから。

アルヴィは正面に視線を移す。

そこにはあのユウトとかいう同期者の少年が立っていたが、その胸の真ん中には向こうの景色が見通せるほどの風穴がぽっかりと空いていた。

アルヴィの放った閃熱の魔法が彼の胸を貫いたのだ。

それが全てを諦めた者の末路。

——立ったまま死んでいる。そこは見上げたものだね。

しかし、これでやっと僕達の悲願が果たせる。

となれば早速、準備を始めなくては……。

そう思い、踵を返そうとした時だった。

「うう……」

「なっ……!?」

倒したはずのユウトが低い呻り声を上げながら動き始めたのだ。

「そんなこと……ある訳がっ……」

いくら同期者だからといって、不死身である訳ではない。

心臓を貫かれれば死ぬ。こんなことは有り得ない。

それがどういう訳か、虚ろな目でこちらに向かってゆっくりと歩き始めたのだ。

──これじゃまるで……ゾンビじゃないか！

「このっ！　死に損ないが、くたばれ！」

アルヴィはすかさず閃熱の塊を放つ。

それが当たると彼の体は飴細工のように砕け散るが、その度に再生を繰り返しながら、襲いかかってくる。

「くっ……！」

気圧されて後退すると、

「っ……？」

足下におかしな感触を覚えた。

下を見れば、いつの間にか鮮血の海の中にいることに気付く。

──これは、あの女の……？

そう思った矢先、鮮血の海の中から女の手と思しきものが伸びてきて、アルヴィの足を掴んだ。

「うわぁぁあっ……!?」

その手は物凄い力でアルヴィを血の海へと引きずり込もうとしてくる。

――な、何がどうなってるんだ!?

「は、離せぇぇぇえっ！」

アルヴィは足下に向かって魔法を連射した。

それで白い手は粉々に吹き飛ぶ。

「はぁはぁはぁ……」

呼吸を乱しながらも、逃れたことに安堵したその時だった。

突如、鼻先にゾンビの顔が現れる。

「うう……」

「ひぃぃいいっ!?」

辺りにアルヴィの絶叫が響いた。

†　　†　　†

「いい夢は見られたか？」

「……」

顔面蒼白で呆然としているアルヴィに俺は問いかけた。

それで彼はハッとなり我に返る。

「これは……」

アルヴィはそのまま頭上に目を向ける。

クレーン上には未だ名雪さんが存在していて、怯えている姿がある。

京也も足が竦んで立ち止まったままだった。

それを確認すると、彼は全てを理解したようだった。

「……！　ハルシネーションの魔法か……！　いつの間に……」

俺も同様にクレーンへ視線を向ける。

「あの時、思ったのさ。これが夢や幻であって欲しいってね。そうしたら思い出したんだ。俺、それ使えるじゃん、てね」

「……」

アルヴィは苦虫を噛み潰したような表情を見せる。

彼が魔法を解き放とうという瞬間、俺は咄嗟にハルシネーションの魔法を唱えた。

すると彼は一瞬にして幻の世界へと堕ち、その場で棒立ちになっていた。

〝唱えた相手に仮想幻覚を見せ、行動を制限する〟というゲーム内にあった説明通りの状態になったという訳。

それに仮想とは〝仮定しての想像〟という意味もある。ということはこちらが意図した幻覚を相手に見せられるのではと思ったのだ。

暫しアルヴィは自分が幻覚に惑わされたことに悔しさを滲ませていたが、すぐにそれが嘲笑へと変わる。

「だけど、こんな事をして何になるのさ？　何か状況が変わったとは思えないけど」

「そうかな？」

「？」

「今も不安じゃないか？」

「……」

「幻と現実の区別がつかない自分自身が」

「……!?」

僅かだが、アルヴィの表情に動揺が窺えた。

俺はその隙を突いて、駿足スキルで間合いを詰める。

「くっ……！」

相手もすぐにそれに反応するが、僅かにキレがない。

精神と体はリンクしているからな。俺の言葉にしっかりと影響を受けたようだ。

一気に間合いを詰めてきた俺に、アルヴィは咄嗟に反撃の体勢を取る。

「やらせるか！」

距離を取るよりも速く、閃熱の光球が彼の手に宿る。

それに対し俺は、左手に持っていた、あるものを構えた。

それはゴミバケツの蓋だった。

先ほどの魔法のぶつかり合いで散乱していた廃材の中から拾ったものだ。

「……は？」

それを目にしたアルヴィは当然、目を丸くする。

そしてすぐに嘲笑した。

「ははっ、そんなもので何が出来るっていうんだい！」

しかし俺は、そんな事はお構いなしといった感じで彼を見据える。

俺だってこんなゴミバケツの蓋で奴(やつ)の魔法を防げるとは思っていない。

だが、この距離なら――――！

俺は蓋を突き出しながら叫ぶ。

「――盾撃(シールドバッシュ)!!」

「な……ん……だって!?」

蓋を持った腕を前に突き出すと、周囲に気流が発生し、膨大な量の空気を圧縮した盾となる。

それがアルヴィの体に触れると、発動しかけた魔法がキャンセルされ、光の粒になって霧散する。

「!?」

直後、強大な力が彼の体を押し退け（おの）——弾き（はじ）飛ばす。

「ぐがっ……!?」

地面に擦り跡を作りながら、人の体がまるで砲弾のように吹っ飛ぶ。

そのまま彼の体は近くの廃屋に突っ込み、大音響を上げながら建物を破壊して、ようやく止まった。

とりあえずスロットに入れておいた盾撃（シールドバッシュ）が役に立ってくれた。

本来、魔法使い（ウィザード）は左手に武器を装備出来ないが、現実では当然そんな制限は無い。なら、何か持ってさえいれば、そのスキルが使えるのではないかと思ったのだ。

結果は思った通りになってくれた。

だが、盾撃（シールドバッシュ）は相手の攻撃をキャンセルして、ノックバックする効果があると書いてあったが……思っていたよりも威力があり過ぎる気がする。

俺はボロボロと崩れ落ちるコンクリートの壁を見ながら思った。

やば……ちょっと壊しちゃったけど大丈夫かな……。廃屋でもやっぱマズいか……。

そんなふうに心配していると、漂う砂煙の中からゆらりと人影が立ち上がった。

俺は即座に身構える。

瓦礫(がれき)を退(の)けながら姿を現したアルヴィ。

やはり攻撃魔法ではない盾撃(シールドバッシュ)では、彼を足止めすることすら出来ないのか？

そう思っていた時だった。

立ち上がってきた彼は自身の右腕を手で押さえ、苦悶(くもん)の表情を浮かべていたのだ。

……ダメージを与えたのか⁉

俺はすぐに彼が押さえる右腕をつぶさに窺(うかが)った。

すると、そこにあった光景に息を呑(の)んだ。

「⁉」

その腕は裂傷がある訳でも、血が出ている訳でもない。ましてや骨折している訳でもない。

彼の右腕がデジタル画像のようにノイズをチラつかせていたのだ。

「に……人間じゃ……ない⁉」

それが普通の人間の身体でないことは誰の目から見ても分かるだろう。

彼も同期者(シンクロナイザー)だと思っていたけど……違うのか？

ていうか、あの体は一体……。

「ふふふ……」

唖然としている俺に対し、アルヴィは不気味な笑みを浮かべていた。

「まさか、ここまでとは思ってもみなかったよ……」

彼はそう言うと、俺を睨み付ける。

「まあ、次はそうはいかないから。短い命、楽しんでよ。じゃ……」

「あ……おいっ！」

アルヴィは短く告げると、まるで風のように消え去っていた。

なんとか撃退出来た……のか？

と、そこで俺は名雪さんの存在を思い出す。

「おっと、こんなことしてる場合じゃなかった。彼女を助けないと」

見上げると、彼女はクレーンの先端で戻るに戻れずガクガクと震えていた。

「今、そこに行くから！　じっとしてて！」

彼女に届くように大きな声を張り上げる。

とにかく早くしないと。えぇーと、どこから登ればいいんだ？

クレーンの袂で上部に上がる梯子を探している最中だった。

「きゃっ……！」

頭上で小さな悲鳴を聞いた。

見れば、名雪さんが足を滑らせ落下した姿が視界に飛び込んでくる。

「まずいっ……!!」

考えている暇なんて無かった。

俺は咄嗟の判断で、ウインドカッターの魔法を放つ。

一瞬でもタイミングを間違えば彼女の体は真っ二つだ。

「間に合え!」

放った風の刃は、落ちてくる名雪さんの真下を駆け抜ける。

それによって巻き起こった風圧で、彼女の体が一瞬、舞い上がった。

その隙を突いて、俺は駿足(スイフト)スキルを使い落下地点に滑り込む。

「……っと」

「きゃっ……」

両腕に確かに感じる衝撃。

俺は名雪さんをしっかりと抱き止めていた。

目を向ければ眼前に彼女の青ざめた顔がある。

「大丈夫だった?」

「……」

尋ねると、彼女はぼんやりとしながらもコクリと頷(うなず)く。

ふぅ……危なかった。なんとかなったな……。

安堵の息を吐くのも束の間、頭上から嗄れたような悲痛の叫びが聞こえてくる。

「た、助けてくれぇぇぇっ……！」

見上げると、京也がクレーンの先端から腕一本でぶら下がっている状態だった。

どうやら俺が使ったウインドカッターの風圧を受けて足を滑らせたらしい。

「おっ……俺が悪かったたっ！　今日のことも謝るっ！　俺が間違ってた！　もうお前に絡んだりしないからっ！　綾野のことも諦めるっ！　だ、だから、早く！　ひ、ひぃぃぃっ……!!　も、もうダメだ……腕がぁぁっ……！」

彼は泣きながらそう訴えていた。

心情的には怒り心頭な訳だけれど、このまま目の前で落ちられても寝覚めが悪い。

俺は上空に向け再びウインドカッターを放った。

「うおぁぁぁぁっ!?」

途端、風圧で彼の体が宙に舞い上がる。

さっきので力の調節が理解出来るようになった。

そのまま何発か続けてウインドカッターを放つと、まるで下から団扇で扇いだ風船のように彼の体がゆっくりと下降し始める。

そして地上から一メートルくらいの高さになった所で魔法を放つのを止める。

すると京也は山積みになっていた廃材の中に落っこちた。

「ふぎゃ!?」

尻尾を踏まれた猫のような悲鳴が上がる。

あの高さからなら怪我(けが)も無く、普通に生きているはず。

これだけ恐(こわ)い目に遭っていれば、もうおかしな事はしないだろう。

とはいえ、京也には俺の力を見られてしまっている。

後でハルシネーションの魔法をかけて記憶を曖昧にしておく必要があるな。

勿論(もちろん)、恐怖心だけは残して。

とりあえず、廃材の山から這(は)い出て来るまで放置しておくことにした。

【エピローグ】

◇オフライン◇

瞬く星空の下、俺と名雪さんは錆び付いた線路の上に並んで腰掛けていた。

恐らくコンテナを運ぶ為の引き込み線が通っていたのだろう。

今では使われていないのか、敷石は崩れ、線路の合間には雑草が繁茂していた。

「ごめん、俺のせいで名雪さんまで巻き込んでしまって……」

すると彼女は何度も首を横に振った。

続けてスマホに着信が。

ユーノ『ユウトが謝ることじゃないよ』

「いや、でもさ……」

ユーノ『そういうの、もう無しで』

「え？」

すると彼女は照れ臭そうにしながら文章を紡ぐ。

ユーノ『だって私達は……二人で一つ……そうでしょ？』

「二人で……一つ……？」

ユーノ『もう忘れたの？　二人で一つのお家に住むって言ったじゃない』

「ああ、前に言ってたゲーミングハウスのことか」

ユーノ『それって、もう夫婦みたいなもんでしょ？』

「ふ、夫婦!?」

突然、そんな単語が出てきたものだから、俺は思わず噎せそうになった。

夫婦って……高校生の女子が出す単語!?

彼女は彼女で頬の朱色を濃くしている。

ユーノ『そう、夫婦は運命共同体を結成したのと同じ。だからお互い様だよ』

「……」

運命共同体か……。

それを聞いて俺は素直に嬉しいと感じた。

これまでの人生でイジメに遭ったり、学校や家で居場所の無かった俺を彼女は受け入れてくれた。

誰かと一緒にいて、こんなふうに心地良く感じたことはこれまでにない。

でも、俺が同期の力を持っている限り、またアルヴィのような奴が目の前に現れるかもしれない。そうなったら、再び名雪さんに危険が及ぶ可能性がある。

それは絶対に避けたい。

じゃあ、そうならない為に俺が出来る事はなんだろう？

答えは考えずともすぐに出た。

そうだ、俺がもっと強くなればいい。彼女を守れる強さがあれば万事解決。

それを獲得する方法も経験値を得るだけだし、とても明快だ。

そう心に決めた時、名雪さんが尋ねてくる。

ユーノ『という訳だから、ＯＫ？』

「ああ、運命共同体だからって話ね。うん、分かったよ。でも――」

「？」

「さっきみたいなことは今度は無しな？」

「……」

彼女は思わず目を伏せた。何の事かすぐに察したようだ。

「今度、飛び降りようとしたら全力で嫌いになるからな」

ユーノ『えー……！』

「えー……って、なんだよ。運命共同体って言うのなら、自分の命も俺の命だと思ってくれないと」

ユーノ『うん……分かった。もう、あんなことしない』

「よし」

そこで互いに照れ臭そうにしながらも確認し合う。

とそこで、彼女が妙に体をモジモジとさせていることに気が付く。

「どうした？」

ユーノ『さっき……〝全力で嫌いになる〟って言ったよね？』

「ああ、言ったけど？」

ユーノ『ってことは、普段は〝全力で好き〟ってことにならない？』

「え……」

言われてみれば、そういう事……なのか？

ユーノ『初めてユウトから〝好き〟っていう意思をもらったー！』

「えぇぇ!?」

まさか、そんなふうに捉えるとは思ってもみなかったが、彼女はそれがとても嬉しかったのか、ずっとホクホクとした笑みを浮かべていた。

その顔を見ていたら、彼女が飛び降りようとした時の事を思い出す。

あの時、確かに彼女はクレーンの上から自分の声でハッキリと叫んでいた。

必死だったからこその叫びだったのだろう。

「そういえば……」

と言いかけて口を噤(つぐ)む。

ユーノ『ん？　なあに？』

「いや、なんでもない」

今はまだ無理かもしれないけれど、いつか二人で……。

生の声で会話出来る日が来るといいな。

「さてと……そろそろ帰ろっか」

ユーノ『うん、そうだね』

俺達は図らずもタイミングを合わせたように線路の上から腰を上げた。

それはまるで互いに心の内が分かっているかのよう。

そして、どちらからともなく目を合わせる。

「帰ったら、やっぱり？」

ユーノ『うん、もちろん！』

二人の心はもう決まっている。

互いに笑顔を見せ合い、紡ぐ言葉――

『「ノインヴェルト！」』

† † †

◆オンライン◆

ノインヴェルトオンラインの中に存在する人知れぬ暗黒空間。

その闇の中に、六つの白いフードマントが円を描くように並んでいる。

装いこそ同じだが、体の大きい者や、線の細い者など、体格はまちまちだ。

皆、フードを目深に被り、その表情は窺い知れない。

その中で、やや腰の曲がった人物が口を開く。

「返り討ちに遭うとは情けない。我ら白焔の鷲獅子の名が廃るわ」

「……！」

ノイズが走る右腕に手をやりながら悔しそうに反応したのは、六人の中でも一番体の小さい人物。アルヴィだった。

「よせ、今は啀み合っている時ではない」

そこで宥めの声を上げたのは、背の高い中肉の男。

彼はこの中でも格上なのか、その一言で二人が口を噤むのが分かる。

そして男は尚も続けた。

「相手は所詮、同期者（シンクロナイザー）。それだけで我々の手の内にある。粛々と遂行するまでのこと」

彼がそう言うと、他の五人は口を揃（そろ）えて答える。

如何（いか）にも――と。

〈了〉

あとがき

はじめまして、藤谷（ふじたに）あると申します。

スニーカー文庫様でのご挨拶は初めてになります。どうぞよろしくお願いいたします。


さて、ここで作者の身に起きたとあるエピソードを――。

時は遡ること二〇二〇年の十二月。

自分が常日頃から散歩コースにしている公園に一匹の人懐っこい野良猫がいました。

黒毛に茶の混じった所謂（いわゆる）、錆（さ）び猫というやつです。

普段であれば一頻（ひとしき）り愛（め）でて帰るところでしたが、その日は様子がおかしく、よく見ると右前足に怪我（けが）をしていて熱がありそうでした。


【どうする？】
1．一旦、病院に連れて行き、元の場所へ戻す。（でも真冬だしなー……）
2．保護団体に連絡し、治療費のみ負担する。（割とあり……なのか？）
3．散歩の度にチェックして見守る。（でも結局、不安……）

4．見なかったことにする。（それはないかな……）
5．猫好きの知り合いに助けを求める。（それ誰？　いる⁇）
6．――……
7．――……

……などなど。（選択できず無限ループ）

そんなこんなで寒風吹き荒ぶ誰もいない公園で思考すること小一時間――。

悩みに悩んだ挙げ句に取った行動は、病院に行った後、家に連れて帰るという選択でした。

そして、その子を看病しながらクリスマスを迎えたのですが――、
その日、クリスマスプレゼントとして届いたのが、一通の書籍化打診のメールでした。

なのである意味、担当編集K様とは、なかなかロマンチック（？）なタイミングでの出会いだったわけです。

ちなみに野良猫から家猫にクラスチェンジしたその猫は〝もち〟と名付けられ、怪我も体調も良くなり、今では日がな一日ひなたぼっこをしながら呑気に過ごしております。

推定年齢十六歳。野良で十六歳まで生き延びるなんて、ステータスで言ったらLUKの初期値がかなり高かったのだろうと思います。

あと、錆び猫は〝幸運を運ぶ〟とも言われてたり（?）するようです。


ここで謝辞です。

イラストレーターのキャロル様。本作の挿絵を引き受けて下さりありがとうございました。ユウトの衣装や髪型等、調整して頂き感謝しております。

それとアルヴィのデザイン&イラストに気合いが入っていて（?）驚いてます。

担当編集のK様。星の数ほどある作品の中から、本作を見つけ出して頂きありがとうございます。凄い確率での巡り合わせだなと思っております。

そして改稿中も的確な指示を頂き感謝しております。K様がいなければ本作の方向性は全然違ったものになっていたのだろうと思うと軽くホラーです。

最後に、本作が出版されるまでにご尽力頂いた全ての方々と、この本を手に取って下さった読者様へ、厚くお礼申し上げます。

再び皆様にお会いできることを願って――。

令和三年七月吉日

VR（ブイアール）ゲーで最強無双（さいきょうむそう）の少年（しょうねん）、現実（げんじつ）にステータスが同期（シンクロ）し人生逆転（じんせいぎゃくてん）

著　藤谷（ふじたに）ある

角川スニーカー文庫　22808

2022年1月1日　初版発行

発行者　青柳昌行

発　行　株式会社KADOKAWA
〒102-8177 東京都千代田区富士見2-13-3
電話　0570-002-301（ナビダイヤル）

印刷所　株式会社暁印刷
製本所　本間製本株式会社

Printed in Japan　ISBN 978-4-04-111611-1　C0193

★ご意見、ご感想をお送りください★

〒102-8177 東京都千代田区富士見2-13-3
株式会社KADOKAWA　角川スニーカー文庫編集部気付
「藤谷ある」先生
「キャロル」先生

角川文庫発刊に際して

角 川 源 義

第二次世界大戦の敗北は、軍事力の敗北であった以上に、私たちの若い文化力の敗退であった。私たちの文化が戦争に対して如何に無力であり、単なるあだ花に過ぎなかったかを、私たちは身を以て体験し痛感した。西洋近代文化の摂取にとって、明治以後八十年の歳月は決して短かすぎたとは言えない。にもかかわらず、近代文化の伝統を確立し、自由な批判と柔軟な良識に富む文化層として自らを形成することに私たちは失敗して来た。そしてこれは、各層への文化の普及滲透を任務とする出版人の責任でもあった。

一九四五年以来、私たちは再び振出しに戻り、第一歩から踏み出すことを余儀なくされた。これは大きな不幸ではあるが、反面、これまでの混沌・未熟・歪曲の中にあった我が国の文化に秩序と確たる基礎を齎らすためには絶好の機会でもある。角川書店は、このような祖国の文化的危機にあたり、微力をも顧みず再建の礎石たるべき抱負と決意とをもって出発したが、ここに創立以来の念願を果すべく角川文庫を発刊する。これまで刊行されたあらゆる全集叢書文庫類の長所と短所とを検討し、古今東西の不朽の典籍を、良心的編集のもとに、廉価に、そして書架にふさわしい美本として、多くのひとびとに提供しようとする。しかし私たちは徒らに百科全書的な知識のジレッタントを作ることを目的とせず、あくまで祖国の文化に秩序と再建への道を示し、この文庫を角川書店の栄ある事業として、今後永久に継続発展せしめ、学芸と教養との殿堂として大成せんことを期したい。多くの読書子の愛情ある忠言と支持とによって、この希望と抱負とを完遂せしめられんことを願う。

一九四九年五月三日

著 相野仁 画 桑島黎音
Author: Jin Aino
Illustration: Rein Kuwashima
日常ではさえないただのおっさん、
本当は地上最強の戦神
この男、向かうところ敵無し――
日常に紛れる、とある最強戦士の英雄譚。
シリーズ好評発売中!
地道な雑用を進んでこなす"さえないおっさん"ことベテラン冒険者・バル。街の人々に慕われるそのおっさん、実は――帝国が誇る"八神輝"の一角として、地上最強の異能を振るう"戦神"バルトロメウスその人で!?
スニーカー文庫